じい様が行く 2

『いのちだいじに』異世界ゆるり旅

A L P H A L I G H T

蛍石
Hotaruishi

アルファライト文庫

主な登場人物
セイタロウ
日本で茶園を
経営していたじい様。
年の功と神様から
貰《もら》った超スキルを引っさげ、
異世界で旅に出る。
ロッツァ
ソニードタートル
という種族の
巨大亀モンスター。
見た目に反して
足が非常に速い。
クリム
赤い子熊の
モンスター♂。
あるきっかけで
セイタロウの
仲間となる。
ルージュ
赤い子熊の
モンスター♀。
あるきっかけで
セイタロウの
仲間となる。
ルーチェ
正体《しょうたい》は
ブライトスライム
という魔族。
セイタロウの
孫《まご》娘《むすめ》として
一緒に旅に出る。

イルミナ
イレカンの街の
商業ギルドマスター。
仕事モードの時は
とても優秀《ゆうしゅう》。
オフの時はちょっと
抜けている。
タオニャン
イレカン商業ギルドの、
料理などの仕入れ・
レシピ管理担当。
サチア
イレカン商業ギルドの
飲食店担当。
フォア
ゴールディ商会の一人娘。
見た目通りの
高飛車《たかびしゃ》お嬢様《じょうさま》。

《 1　旅路《たびじ》 》

儂《わし》、アサオ・セイタロウが孫《まご》の身代わりでこの世界フィロソフに来てから、もうどれくらいじゃろか……こっちに来てから良い奴にも、悪い輩《やから》にも出会った。この辺りは世界が違えど変わらんな。

今はお茶とコーヒーを主に扱《あつか》う行商人として、『うっかり神《しん》』のイスリールから預《あず》けられた血の繋《つな》がらない孫娘のルーチェとともに、のんびり気ままな物見遊山《ものみゆさん》の旅の途中じゃ。

いろいろ世話になったフォスの街から一路北にあるイレカンの街へ……と言いつつも寄り道しながらのんびり旅。

「先は長いからのぅ。ルーチェは何かしたいことはあるかの？」

「ないよー。でもおいしいモノは食べたい」

この食欲が五歳児だからなのか、スライムだからなのか判断が難《むずか》しいところじゃが、言いたいことは分かるのぅ。

「美味《おい》しい食事は大事じゃな」

「うん。大事。すごく大事」

力強く頷《うなず》くルーチェ。

「とは言っても、フォスの街で買ったものばかり食べるのもちと違うしのぅ」

「旅してる感じがしないね」

そんな会話をしながらのんびり歩く。攻撃してきたウルフを蹴《け》り飛ばし、突進中のラビを《束縛《バインド》》して、数で押し切ろうと集《たか》ってくるゴブリンを《泥沼《スワンプ》》にはめながら。

食べられる魔物は解体し、それ以外はルーチェが吸収。美味しくない魔物を吸収した反動からなのか、ルーチェの食欲が刺激されとるらしく、ちょこちょこおやつをおねだりされたわい。

「あっちに川があるみたいじゃから、街道《かいどう》を逸《そ》れてみるかの」

儂は周囲数キロほどの詳細マップを見ながら、藪《やぶ》の先を指差す。

「川？　川って何？」

「水が流れてるところじゃな……知識としてあるんじゃないんかの？」

「知識はあるけど、見たことないからイマイチ分からないんだよね」

知識と認識の差なのかの。

「たぶん魚がいると思うんじゃ。そしたら夕飯は焼き魚にできるぞ」

「魚は見たことも食べたこともないね。行こうじいじ！」

見事に釣《つ》られとるのぅ。まだ魚も釣っとらんのに。

藪をかき分け進むこと小一時間。流れの穏《おだ》やかな小川が、微《かす》かな水音を立てていた。

「綺麗《きれい》じゃな」

鑑定《かんてい》しても『飲んで問題ない美味しい水』とだけ出とる。

「魚はどこにいるの？」

「この川の中にいるんじゃよ。こんな形のはずじゃ」

周囲を見回すルーチェに、簡単な絵を描《えが》き説明してやる。

「ふーん。そんな感じなんだね。捕《つか》まえてみよー」

言うが早いか、ルーチェは既《すで》に川の中にいた。《索敵《レコナ》》に反応もないから危険はないじゃろ。

服が濡《ぬ》れるのもお構いなしで、ルーチェはバシャバシャ水面を叩く。

「むー。魚いなーい」

「そんなに騒《さわ》がしくしたら、そりゃいなくもなるじゃろ」

そう注意すると、じっと川の真ん中で水面を見つめて仁王立《におうだ》ちを始めるルーチェ。しばらくするとその周りに魚が戻ってきた。

この時を待ってたとばかりにルーチェの右手が動き、素早く水面に入ると、魚を弾《はじ》き飛ばす。魚の飛んだ先で儂が受け取り、捕獲《ほかく》成功。

「まるで熊じゃな。こんなこと教えとらんのに」

「獲《と》れたー。じいじ獲れたよー」

「その調子であと何匹か獲れるかの？」

「やってみるー」

その後同じ動きで五匹捕まえ、本日の熊漁終わり。

夕飯は魚の塩焼きと白米、熊汁味噌《みそ》仕立てになった。魚の腹を割《さ》いて内臓を取り出し、塩を振って焚火《たきび》で焼く。それだけなのに美味《うま》かった。

「魚おいしいね、じいじ」

「そうじゃな」

「明日も魚獲りしよっか」

目を輝かせるルーチェ。楽しいみたいじゃな。明日は釣りをしてみるのもいいかもしれん。

そんなことを考えつつ、この世界に来て初めての魚に大満足な儂らじゃった。

《 2 わんこ 》

微かな葉擦《はず》れと鳥の声、柔《やわ》らかな日差しで目が覚《さ》める。

キングサイズのベッドから身を起こして周囲を見渡す。《結界《バリア》》の中は至《いた》って快適。雨風をしのぎ、外敵から身を守れる。それなのに適度な気温を保つ過保護《かほご》空間になっとる。

「野営だということを忘れるのぅ」

そう、ここは屋外《おくがい》、小川近くの大樹《たいじゅ》の根元。夕食後にベッドを取り出して寝床を確保した儂は、《結界《バリア》》で周囲を覆《おお》った。これでそこらの安宿よりよっぽど快適な寝室の出来上がりじゃ。

「じいじ、おはよー」

掛け布団に包《くる》まりながらルーチェが朝の挨拶《あいさつ》をしてくる。まだ眠《ねむ》いのか瞼《まぶた》をこすりながら。

「おはようさん。顔を洗ってきたら朝ごはんにしようかの」

「ふぁーい」

二人仲良く小川へ向かい、顔を洗う。口を漱《すす》ぎ歯も磨《みが》く。

イスリールにいろいろ貰《もら》ったモノの中に歯ブラシもあったのはありがたい。この世界での歯磨きは、枝を使うのが一般的みたいなんじゃがな。スールで現物を見たが、ありゃ痛《いた》そうじゃった。

「さて、朝は何にするかのぅ」

「ごはんとみそ汁は絶対だね」

ルーチェの好みも儂に似てきて、和食党になりつつあるようじゃ。

「昨日の焼き魚を主菜にすれば一汁一菜の朝食にできそうじゃな」

「玉子焼きも欲しいなぁ」

「じゃあ玉子焼きも付けて朝ごはんじゃ」

コンロとフライパン、卵、醤油《しょうゆ》、砂糖《さとう》、お椀《わん》を取り出し料理開始。

卵をお椀でといて醤油と砂糖で味付け。少し甘めの味付けがルーチェの好みなので、砂糖を気持ち多めに。温めたフライパンにとき卵を流し入れ、手早く混ぜる。半熟のうちに巻いていって完成じゃ。

たまに失敗して巻ききれない時もあるんじゃが……それもまたご愛敬《あいきょう》。

ごはん、みそ汁、焼き魚に玉子焼き。食卓に並べて日本の定番朝食の出来上がりとなる。

違う世界だってことを忘れるほどの出来栄《できば》えじゃ。

「玉子焼きが甘くておいしー」

にこにこ笑顔のルーチェ。

「ここに、海苔《のり》と漬物《つけもの》があれば更《さら》に完成度が上がるのぅ。漬物は適当な野菜を仕入れたら作ろうかの」

「漬物？」

「塩漬けにした野菜じゃよ。これがごはんに合うんじゃ。お茶にも合うから不思議なんじゃよ」

「へー。今度食べさせてね」

と、食べ物の匂いに釣られたのか《索敵《レコナ》》に反応が出る。ただし敵意を示す赤点ではなく、存在を知らせるだけの白色表示。

「ん？　誰じゃ？」

藪の中から出てきたのは、貫頭衣《かんとうい》のようなモノを身にまとった、犬っぽい顔をした二足歩行の魔物だった。

「コボルト？」

「美味しそうな匂いがするのです」

鼻をひくひくさせながら近付いてくる。声としゃべり方から察するに、女の子なのかもしれんな。

《索敵《レコナ》》が赤点に変わらないところを見ると、単に腹が減《へ》って近付いてきたんじゃな。

「なんじゃ。食べたいのか？」

「食べたいのです！」

念話でなく普通に言葉での会話が成立しとるのぅ。

「少し待てるなら用意してもい――」

「待つのです！」

かぶせ気味というか、めちゃくちゃかぶせてきおった。ちゃっかり食卓についとるし。【無限収納《インベントリ》】から椅子《いす》を取り出してそこに座らせる。食卓も椅子も、フォスの木工職人、ポニアに紹介してもらった家具屋で買っといて正解じゃったな。

野営で使うと言ったら呆《あき》れられたが、実際ベッドまで使っとるからのぅ。普通の野営とかけ離《はな》れておってても便利ならいいんじゃよ。

朝食をコボルト少女の前に並べる。

儂は霊木《れいぼく》から自作した箸《はし》を使っとるが、この子には使えんじゃろうからスプーンとフォークじゃな。

「た、食べていいですか？」

「ちゃんと『いただきます』をしてからじゃ」

手を合わせて『いただきます』を教えると、

「いただきます！」

コボルトはすぐに真似《まね》してごはんをかきこむ。

「お、美味しいです！　なんですかこの白いのは！　こっちの茶色の汁もしょっぱいけど美味しい！　魚もこんな美味しいの食べたことないです！　卵もあまじょっぱくて美味しい！」

ひと口食べては驚《おどろ》き叫び、またひと口。そんなことを繰《く》り返していき、目の前の器は空《から》になる。満足そうな、それでいて少し残念そうな表情のコボルト。

儂とルーチェは、一服しながらそんなコボルトを見ていた。

「満足したかの？」

「はい！　もう少し食べたい気もするけど……満足したのです！」

「じゃあしつもーん」

「なんですか？」

ルーチェの声に、コボルト少女は、疑問符が頭の上に浮かんでいるのが見えそうなくらいのキョトン顔をしとる。

「お前さんはなんでここにおるんじゃ？」

「美味しそうな匂いがしたから来たのです」

「いやそうじゃなくてね。なんでこの辺りにいたの？」

即答する少女に、頭を抱《かか》えたルーチェが改めて問いかける。気持ちは分かるが我慢《がまん》じゃぞ。

「朝ごはん前に散歩をしてたのです」

「で、匂いに釣られてここに来たと」

「そうなのです」

家から朝食前の散歩に出て、良い匂いに釣られて朝食を済ませてしまった……と繋がるんじゃな。

「お前さんはヒトが怖《こわ》くないのか？」

「へ？　ヒトは怖いですよ。だって野蛮《やばん》ですから」

「今話してるじいじはヒトだよ？」

「ヒトがごはんを分けてくれるはずないじゃないですかー。アレはゴブリンと同じで奪《うば》ってくだけなんですから」

ヒトはゴブリンと同列の扱いなんじゃな。

「お爺《じい》さんも魔族なんですよね？　この子と同じで見た目を変えてるんでしょ？　私たちは鼻に自信がありますからね」

ルーチェを見やり、コボルトは胸を張りながらそう宣言する。いや確かに、ステータス画面に書かれとるのは『まだ人族』って微妙《びみょう》なところなんじゃがな。魔族ではないぞ。

「儂はヒトじゃよ。ほれこの通り」

オープンにしたステータスを見せる。うむ、『まだ人族』のままじゃ。

「あれ？　本当に？　でも食べ物くれた」

「まぁあれだけ食い気味にがっつかれたら与えるでしょ」

「え？　ヒトから食べ物もらった？　奪うだけのヒトから？」

「そうじゃな。ごはんをあげたのぅ」

ルーチェと儂と、交互に会話をしながら、だんだん顔に混乱の色を浮かべていくコボルト。コボルトもコロコロ表情変わるんじゃな。

「おじいさんはヒト？　私はコボルト。ヒトと関わるのは良くないこと」

「一族の掟《おきて》でもあるのかな？」

「どうじゃろ？　ただ先達からそう言われてるだけかもしれん」

「どどどどどうしよう」

儂らの会話が耳に入っていないのか、あわあわと慌《あわ》てふためくコボルト娘。つっかえすぎじゃろ。

「何ぞまずいんかの？」

「ヒトと関わっちゃダメなんです。でもおじいさんからごはんもらっちゃった。どうしたら……」

「そうじゃな。とりあえず皆のところに戻って、長《おさ》にでも話してみればいいんじゃないかの？」

「自分で決められないなら、決めてくれる人に任《まか》せるのが一番だよ」

コボルトを諭《さと》す五歳児。知識があるから妙に達観《たっかん》しとるのぅ。儂も同意見じゃがな。

「ととりあえず村に帰りますね。おじいさんたちはまだこの辺りにいますか？」

「何も急ぐことないから、この辺りで釣りでもしとるよ」

「美味しい魚を捕まえないとね」

「族長に話してきます」

意を決したようで、コボルトは茂《しげ》みに姿を消していく。

「攻撃してきたら反撃するからの。痛い思いをしたくなかったら、今のお前さんのように敵意を見せずに話しかけてくるんじゃぞ」

まだガサゴソ鳴る茂みに話しかけておく。敵意がないなら攻撃しようとは思わんからのぅ。

「分かりましたー」

元気な声が返ってくる。まぁ大丈夫じゃろ。

「さてさて、どうなることやら」

「なるようになるよ。あの子なら大丈夫なんじゃないかな」

ルーチェと二人、茂みを見つめながら、何気《なにげ》ない会話と漁の準備をするのじゃった。

《　3　おさわんこ　》

その辺りに伸《の》びとる適当な枝と蔓《つる》を手に取り、組み合わせて釣り竿《ざお》にしようといろいろ試《ため》してみた。

「針と浮きはどうするかのぅ」

【無限収納《インベントリ》】の一覧《いちらん》表を見ながら思案《しあん》すること数分。

虫系素材はフォスで全部売却、木材が少し残っているくらいじゃな。裁縫《さいほう》セットがあるから、針はそれを曲《ま》げればいいかの。丸くした小さい木《こ》っ端《ぱ》を蔓に縛《しば》り付けて浮きにするか。

指でカーブを付けた針を蔓に縛り付ける。その少し上に浮きを付ければ、釣り竿完成。同じモノをもう一つ作って、準備は終わりじゃ。

「さてルーチェ、待ち人が戻るまでは釣りをしよう」

「はーい」

「針に餌《えさ》を付けて川に入れたら、あとはかかるのを待つだけじゃ」

「待つの？」

ルーチェは『待つ』という言葉に即座に反応する。こりゃ待てそうもないのぅ。

「焦《あせ》らずのんびりじっくりやるんじゃよ」

「飽《あ》きたら昨日のやるからね」

……熊漁解禁もすぐじゃろうな。

「無理に続けても楽しくないじゃろうからな。まぁ何事も経験じゃよ、経験」

「はーい。とりあえずやってみるね」

二人して川縁《かわべり》に並んで竿を立てる。暖《あたた》かい日差しと食後のまったり感。茶を飲みながら、ゆったり流れる時間を楽しむ。

「釣れないねぇ」

「まだ入れたばかりじゃからな」

じっと浮きを見つめるルーチェ。

「まだ？」

「浮きが沈《しず》まんからまだじゃよ。それまではただ待つだけじゃ」

湯のみに茶を注ぎ足《た》し、またのんびり。ルーチェの湯のみにも注ぐと、ルーチェが突然立ち上がる。

「飽きたー」

「早いのぅ。まだ三十分も経《た》っとらんぞ」

「じっとしてるの嫌いだもん」

お子様じゃからな。仕方ないかの。

「儂はここで釣りしとるから、ルーチェは川下で昨日の続きでもしとるか？」

「そーするー。そのうちあの子も来るでしょ」

そう言った時には既にルーチェは川の中に立っていた。《索敵《レコナ》》に反応もないからのぅ。コボルトが来るまでのんびり釣りをするのじゃ。

ルーチェの熊漁と儂の釣りでかなりの量の魚を確保したあとで、《索敵《レコナ》》に反応が現れる。茂みの奥に白点が二つ。

「ルーチェ、来たみたいじゃぞ」

「はーい。今そっち戻るー」

ルーチェの濡れた服に《乾燥《シーズン》》をかけていると、茂みがガサゴソと揺《ゆ》れる。

「おじいさん、戻りましたー」

先ほどの注意を守って、話しながら茂みから出てくるコボルト少女。

「思ったよりも早かったのぅ」

「一緒にいるのが族長さん？」

「そうです。我らコボルト族の族長さんです」

少し遅《おく》れて姿を見せたコボルトを、少女は紹介する。

「貴方《あなた》がこの子に食事を与えてくださったのですか？」

「そうじゃ。儂らが食べてる時に現れてのぅ。食べたいと言うからあげたんじゃ」

「ありがとうございました」

頭を下げる族長。ヒトとの関わりを禁止する割には礼儀《れいぎ》正しいのぅ。

「コボルトはヒトと関わっちゃいかんと教えとると聞いたんじゃが」

「ええ。ですが礼には礼を返すのが当然ですから」

立派なもんじゃな。頭で分かってても必ずそう行動できるもんじゃないからの。

「ヒトと……いえ人族と関わるなという教えは、騙《だま》されたり奪われたりするからなんです。コボルト族には闘う力がほとんどありませんから」

「ひとつ聞きたいんじゃが、お前さんたちは魔物じゃなくて魔族なのか？」

「そうなりますすね。まだなりたてですが」

頷いて答える族長コボルト。力は弱くとも知恵、知識が十分成長しての進化……になるのかのぅ？

「で、何か決まったの？」

これまで無言だったルーチェが口を開く。

「この子に言われても半信半疑《はんしんはんぎ》だったんです。貴方は人族なんですか？　魔族……いや神族のような匂いがするのですが」

鼻をひくつかせる族長。少女の時と同じく、儂のステータスを見せて確認させる。

「確かに人族ですね。私たちの鼻が狂ったのでしょうか？　いやでも『まだ人族』ってなってるのを見ると……」

納得しつつもぶつぶつ言っとるのぅ。

「族長自《みずか》ら出向いて来るくらいじゃ、何か伝えることがあるんじゃないのかの？」

「あぁそうでした。貴方に村へ来てもらえないかと思いまして」

「いいの？　じいじは私と違ってヒトだよ？」

族長の言葉にルーチェが素早く反応する。

「魔族になったのですから、他種族との交流も必要なんじゃないかと思ってたんです。渡りに船……ではありませんが、良い機会だと思いましたので」

「行くのは構わんぞ。ただ、儂らがお前さんたちに害を為《な》すとは思わんのか？」

「この子に食べ物を与えるくらいですからね。害する気があるなら、とっくに殺されてると思いますよ。攻撃する手立てがないわけじゃないですけど、微々《びび》たるものですから」

生きていく上で大切な食料を分け与える行為に、それだけ重きを置いとるのかもしれん。

「この子に与えてくれた食事はまだありますか？　できることならば村の者にも与えてほしいのです。もちろんお礼はします。といっても加工前の宝石になりますが」

「それだと儂らのほうが儲《もう》かり過ぎると思うんじゃがな。まぁ作り方も教えればいいかの」

技術料も合わせてとなれば、貰いすぎにはならんかもしれん。

「ではこちらへ。村に参りましょう」

族長と少女に案内され、村へと歩を進める。

《索敵《レコナ》》に妙な反応が出たのはその時じゃった。数個の白点が十を超《こ》える赤点に囲まれておる。その包囲網《もう》は徐々に狭《せば》められていっとる。

「これは戦闘かのぅ。少数対多数の基本みたいな戦術じゃな」

「どうかしましたか？」

儂のつぶやきに族長コボルトが反応を示す。

「この先で何者かが襲《おそ》われてるみたいなんじゃよ」

「なんですって！」

「もう村のすぐ近くなんですが……まさか村の子が後を追ってきちゃったとか⁉」

顔を見合わせ慌てる族長と少女。

「ルーチェ行くぞ。見つけてしまったものを助けんのは後味が悪いからの」

「はーい。さくっと助けよー」

足早に現場へ向かうと、そこにはゴブリンに囲まれた幼いコボルトたちがおった。

「《結界《バリア》》」

まずはコボルトの安全を確保する魔法をかけてやる。

「せいっ！　やっ！　はっ！」

《結界《バリア》》の展開に合わせて、ルーチェは駆《か》けてきた勢いそのままに飛び出す。後頭部への飛び蹴《げ》り、裏拳《うらけん》、回し蹴りと三連打でゴブリン三体が倒れていく。

いく。

「《麻痺《パラライズ》》」

残るゴブリンが動くより早く、儂の魔法で全員を麻痺させる。そうして動けなくなったゴブリンにも、ルーチェの繰り出す容赦《ようしゃ》のない体術が襲いかかる。正拳《せいけん》突《づ》き、前蹴り、踵落《かかとお》とし、ひざ蹴り、ジャーマンスープレックス、ＤＤＴと次々技を繰《く》り出《だ》して倒していく。

「大丈夫⁉」

少女が追いつき、幼いコボルトたちに声を掛けた時には既に戦闘が終了しておった。

「へ？」

「これを……貴方たち二人で？」

呆気《あっけ》にとられつつも族長コボルトが確認してくる。

「そうじゃよ。まぁゴブリン如《ごと》きに後れはとらんからのぅ」

「うん。相手にならないよ」

ひと暴《あば》れして満足したのか胸を張るルーチェ。《結界《バリア》》を解《と》いてやり、近付いた少女が抱《だ》きしめると、幼子たちは一様《いちよう》に泣き出した。緊張《きんちょう》の糸が切れたんじゃろな。

「ありがとうございます」

「間に合って良かったのぅ」

族長は姿勢を正《ただ》し、すっと頭を下げる。

「このお礼は後ほど必ずします。早く村に帰りましょう」

追手《おって》のゴブリンが来ると面倒じゃ。《索敵《レコナ》》に反応はないが用心するに越《こ》したことはないからの。

村は戦闘を行った場所からすぐ近くだったようで、十分も歩かずに到着。幼子を村人に任せると、儂らは族長の家に案内される。少女も儂らの傍《そば》に付いてきておる。

集落の造《つく》りは、ヒトの村と大して変わらないものじゃった。雨風をしっかり防げんことには生活できんからのぅ。族長の家も他の家とさして変わらん。

「ここで少し待っていてください。村の者に説明してきますので」

客間のような部屋に案内されひと息つく。族長はすぐに外へ行ってしまったので、部屋にはルーチェと儂、それにコボルト少女だけになる。

「一服して待つとするかの」

「じいじ、お茶ちょうだい」

二人分のお茶を用意し、少女には果実水を出す。茶請《ちゃう》けはかりんとう。

よそ様の家だろうと全くお構いなしな儂らじゃった。

《 4　コボルト村 》

「あの……これは？」

おずおずと聞いてくるコボルト少女。

「果実水じゃよ。お前さんも待ってるだけでは暇《ひま》じゃろ？　のんびり一服せんか？」

「そうそう。かりんとうでも食べながら待ってようよ」

「はぁ」

言われるがまま、少女は恐る恐る果実水を口に含む。

「なんですかこれ！　甘くておいしいじゃないですか！」

「果物を搾《しぼ》っただけじゃよ」

「このカリカリも甘くておいしいのです！」

「甘じょっぱいお菓子だからね」

元々キラキラしてた瞳が一段と輝きを増す少女を、儂らは微笑《ほほえ》ましく見守る。

「そういえば嬢《じょう》ちゃんに名前はないのかの？」

「名前ですか？　ありませんね」

食べることを止めずに少女は答える。

「あったほうが便利だよ」

「そうなんですか？　今は赤茶の娘とか黒の息子って呼び合ってますけど、それじゃダメですか？」

かりんとうをパクつきながら答える少女。毛色で識別しとるんか。なりたて魔族だからなのかのぅ。自分たちで見分けが付けば、名前はいらないのかもしれんな。

「嬢ちゃんは普段なんて呼ばれてるんじゃ？」

「私はこげ茶の娘ですよ。お父さんがこげ茶ですからね」

かりんとうに水分を持っていかれた喉《のど》を、果実水で潤《うるお》す少女。

「族長もこげ茶色しとったが」

「あれがお父さんです。だから長の娘って呼ばれたりもします」

長の娘がヒトに関わったのか。それで長自身が出張《でば》ってきたんじゃな。

「儂らであだ名のような呼び方しても大丈夫かの？　こげ茶の娘ってのも呼びにくいからの」

「正式な名前じゃないから平気だと思うよ」

小声でルーチェに聞いてみたところ問題なさそうじゃ。まぁ本人にも確認してからにしようかの。

「嬢ちゃんをあだ名みたいなもんで呼んでもいいかの？　コボルトの呼び方に慣れてなくてのぅ」

「いいんじゃないですか？　代わりにおじいさんたちの名前も教えてください」

あっけらかんとした答えが返ってくる。そういえば名乗ってなかったわい。

「儂はアサオ・セイタロウじゃ」

「アサオ・ルーチェです」

儂らの名乗りに頷きながらも、少女は変わらずかりんとうをパクついとる。

「アサオ、というのが一緒ですね」

「そうじゃな。そこはコボルトのこげ茶やら黒やらみたいなもんじゃ。どっちを呼んでるか分からんから、セイタロウ、ルーチェって名前を使うんじゃよ」

「へー、分かりやすいですね。私の呼び名は何になります？」

「色で呼ぶのがコボルトみたいじゃからな。こげ茶なら……マロネ、でどうじゃ？」

「マロネ……なんか可愛《かわい》いです」

少し笑《え》みがこぼれてる辺り、この子も満更《まんざら》でもないみたいじゃな。

「これからマロネって呼ぶねー」

「はい。私もルーチェって呼びます」

女の子同士だから仲良くなるのも早いのかの？　年が近いからか街でニーナと友達になるのも早かったしのぅ、ルーチェ自身の性格もあるんじゃろな。友達が多くて困ることはないから構わんか。

三人でそんな他愛もない会話をしつつ一服していると、族長が戻ってきた。

「遅くなりました。人族と関わるのが初めてな者もいましたので、説明に手間取りました」

「ゆっくり待っとっただけじゃから気にしとらんよ。お前さんも喉が渇《かわ》いたじゃろ」

族長に果実水を差し出す。

「甘い香りがしますね。これは？」

「果実を搾った飲み物じゃよ」

「美味しいよお父さん」

娘が飲んでるモノも同じ香りがするのを見て、族長は口を付ける。まずほんの少しだけ口に含み、それから一気にあおった。

「これはすごいですね！　果実のまま食べるより美味しい！」

初めての経験に驚きが乗って興奮《こうふん》状態のようじゃな。

「それで、この後はどうすればいいんじゃ？」

「そうでした。あまりの感動でそっちを忘れてました」

興奮冷めやらぬ族長は我に返ったように頭を振る。そんなに心震わすモノかのぅ。

「広場で、幼子を救出してくれた恩人だと紹介します。それでこの村では普通に過ごせるはずです。恩を仇《あだ》で返すような一族ではありませんから」

「そんな大仰《おおぎょう》なことはしとらんよ」

「いえ、幼子は村の宝です。その宝を救ってくれたのですから恩人に相違《そうい》ありません」

首を振って否定しながら、力強く答える族長。

「子供が宝ってのは分かるが、そんなもんかの？」

「いいじゃん、じいじ。貰えるモノは貰っとこうよ。礼に形はないけどさ」

五歳児らしからぬ発言じゃな。

「まぁ新《あら》たな友人が出来たと思えばよいかの」

「それはこちらとしても嬉《うれ》しいですね。では行きましょうか」

族長に連《つ》れられ、村の中心部にある広場へ向かう。そこには百人くらいのコボルトが集まっておった。

「先程話した我らの恩人だ！　人族だが、我が娘に食事も与えてくれた。幼子も救ってくれた。これに応えること、我ら一族異存はないな？　新たな友人を皆で迎《むか》えよう！」

「「「おぉぉぉぉ！」」」

野太い声、高い声、幼い声。皆が合わさり大合唱となる。

「アサオ・セイタロウじゃ。そこらにいる人族の爺《じじい》じゃよ。見慣れん人族だろうが仲良くしてくれるとありがたいのぅ」

「孫のルーチェです。よろしくおねがいしまーす」

「「「おぉぉぉぉ！」」」

再度の大合唱。その中から、数人の子供たちが親に連れられ前へ出てくる。

「おじちゃん、たすけてくれてありがとう」

「「ありがとう」」

丁寧《ていねい》に頭を下げる子供たち。

「怪我《けが》がなくて良かったのぅ」

儂もしゃがんで目線を合わせ、にこりと微笑む。

「「うん」」

「本当にありがとうございました。人族に助けてもらえるとは思いませんでした」

頭を下げながら幼子らの親がそう告《つ》げる。長年積《つ》み上げてきた、いや積もった疑念《ぎねん》は、そう簡単に晴れるモノじゃないからの。

「悪いヒトも良いヒトもいるんじゃよ。儂だって善人とは言い切れんからの」

「だとしても私たちの恩人に変わりはないです」

子を助けてもらった事実のみを見て礼が言えるとは、良い親じゃな。

「そう固くならず、新しい友人としてルーチェと一緒に頼《たの》むのじゃ」

儂は真《ま》っ直《す》ぐ笑顔を向け、ルーチェもそれに倣《なら》い笑顔を見せる。コボルト親子は皆の中へと戻っていった。

「新たな友人に感謝を！　何かあれば私の家に来てくれ。では解散」

族長の言葉を聞いたコボルトは各々の仕事に戻っていく。広場に残ったのは子供たちのみ。その子供たちも追いかけっこなどをして遊び始める。

「子供は遊んで、食べて、寝るのが仕事じゃからな」

「えぇ。その子供たちを助けてくれてありがとうございました」

笑顔で子供たちを見つめる族長。そんな族長に連れられ、儂らは族長の家へと戻った。

《 5 料理と宝石 》

家へ入った途端《とたん》、族長から果実水をせがまれる。一族の前で演説したあとじゃから、喉が渇くのも仕方ないことじゃろう。

「やはり美味いです。これはどんな果実でもできるのですか？」

「そうじゃな。搾って果汁が出るモノならできるはずじゃ」

マロネが長の後ろで目を輝かせてるのぅ。儂らがいなくなってからも飲めると知れて嬉しいんじゃろな。

「で、どんな料理が知りたいんじゃ？　今持ってるモノを味見してから決めるか？」

「それはありがたいです。そもそもあまり料理をしないので、どんなモノがあるのかすら分かりませんから」

族長の言葉に頷きながらマロネが補足《ほそく》する。

「肉も魚も、塩を使って焼くか煮《に》るくらいです」

「それしか知らないいんじゃもったいないよねー。美味しいモノはまだまだ沢山《たくさん》あるんだから」

　満面の笑みを浮かべて話すルーチェ。【無限収納《インベントリ》】から手持ちの料理を少しずつ多種多様《たしゅたよう》に取り出して並べていく。肉、魚、野菜、汁物、焼き物、揚《あ》げ物、甘味……

「同じ肉でもこんなに変わるものなのですね」

「ふわー。これ甘くて美味しい」

　族長もマロネも一つひとつ試食しては感嘆《かんたん》の言葉をつぶやいておった。塩、醤油、味噌、砂糖と、どの味もしっかり判別できるみたいじゃな。味覚に問題なさそうで安心したわい。

「乾燥《かんそう》させた果実も、それだけで十分甘味になるじゃろ？」

「果実はあまり食べないんですよね。ほとんど肉、魚ばかりで。でもこれだけ美味しいならこれからは食べるだろうな」

「果実や木の実、山菜がこんなに美味しいとは驚きです。これまでは森に行っても全く採《と》りませんでした」

　料理を口に含んだまま笑みを浮かべるマロネとは対照的に、族長はそれぞれの料理に真剣な眼差《まなざ》しを向けとる。

「森にあるなら食材に困ることはないじゃろ。調味料だけ確保すればいけそうじゃな」

　この世界に来て見つけた醤油の実を見せると、森で見たことのあるモノだと分かった。

これならあとは塩、砂糖、蜂蜜《はちみつ》辺りを仕入れれば問題ないじゃろ。あ、調理器具全般もじゃな。

「仕入れは人族の街へ行って買うのがてっとり早いじゃろうな。村としてはどうするつもりなんじゃ？」

「私たちも魔族になったのですから、人族を含めた他種族と関わりを持たないとダメですよね」

族長は期待と不安の入り混じった難しい表情を浮かべる。

「ダメというわけでもないがのぅ。良いモノと悪いモノの見極《みきわ》めが大事じゃよ」

「そこはヒトも魔族も同じだよね」

うんうんと頷くルーチェは、その悪いモノに国を奪われたからのぅ。

「湖の街では分からんが、南にあるフォスの街なら人族と対等な取引ができるからの。何かあれば儂の名前を出すといい」

「商業ギルドでも冒険者ギルドでも、じいじの名前出せば問題ないね」

「人族には何を渡せばいいのでしょう？」

「商業ギルドへ加工前の宝石を持ち込んで、通貨に換《か》えてもらってそれを使うのが一番じゃな」

今回料理を教えることへのお代は原石じゃが、かといって店で原石を渡すと迷惑《めいわく》になるかもしれん。それならまず換金すりゃええじゃろ。コボルトの特性で、原石集めはじゃんじゃんできるらしいでな。何でも原石のありかが匂いで分かるんじゃと。先立つものが不足するようなことはなさそうじゃ。

ただ、そのことをおおっぴらにするのはやめるよう注意しておいた。悪いことを考える奴を招《まね》きかねんからの。

「料理の件だけでもありがたいのに、こんなに良くしていただいていいんですか？」

「乗りかかった船じゃからな。これをギルドで見せればきっと大丈夫じゃ」

そう言いながら一筆したためた手紙を渡す。中には簡潔《かんけつ》に『宜しく頼むのじゃ』とだけ書いた。

そのあと肉、魚料理を中心に色々料理を教える。族長とマロネにだけ教えるのも不公平じゃから希望者を募《つの》って。すると思った以上に集まり、料理教室は大盛況《だいせいきょう》じゃった。関わるなと言われてはいたが、興味はあったんじゃな。自分たちも作る体験方式だったので、試食の時間も大盛《も》り上がりで幕を閉じた。ただ一方的に教えられるより、自分で作ったほうが楽しいし、覚えもいいじゃろ。

手持ちの調味料を分け与えたので、今後は自分たちでも料理できるはず。

これで、コボルト村でやることも終わりじゃな。

別れ際《ぎわ》、少しばかりお代の原石を多く渡されたと思ったら、あるお願いも込みでのことじゃった。まぁそれはイレカンへの道中でこなせるから、受けてやろうかの。

《６　周辺ゴブリン殲滅《せんめつ》作戦》

コボルトたちに頼まれたのは、周辺のゴブリンを根絶《ねだ》やしにしてくれということじゃった。奴らは百害あって一利なしで、ヒトにも魔族にも嫌われとる。

武器が使えて、多少の戦術も扱える。それに加えて繁殖力《はんしょくりょく》の高さがあるから、駒《こま》として便利なんじゃろうがの。もう少し知能があれば一大勢力になれそうなんじゃが……まぁ、ゴブリンにそんなことを求める者もおらんか。さっさと片付けよう。

《索敵《レコナ》》とマップで周辺の洞窟《どうくつ》などを探索《たんさく》する。

洞窟や大木の洞《うろ》などが巣になることが多いんじゃが、見つけた巣を外から魔法で掃討《そうとう》できないのが面倒なんじゃよ。なぜかというと、もし中に捕まっとるヒトがいたらまずいじゃろ？

「コボルト村の周辺だけでも結構な数があるのぅ」

「頼まれちゃったしね。ゴブリンは色んな意味で美味しくないから好きじゃない。だから、サクッとやっちゃおうよ」

死体を放置して別の魔物を呼び寄せてもよろしくないからの。ルーチェがその場で吸収しない分は燃やし尽《つ》くしとるんじゃ。どうせならとことんやってやろうかと思ってな。

ルーチェと二人で殲滅作戦実行中なんじゃ。

「村を出てから半日でもう五か所潰《つぶ》しとるんじゃが、これでまだ半分もいかんとはな」

広域マップに表示される巣を、時計回りに潰し歩きながら、徐々にコボルト村から離れていく。今のところ人質《ひとじち》もお宝もなし。

「弱いから早く済むけど、たまに毒とか使ってくるから嫌なんだよね」

「身を守る為《ため》でなく、狩《か》る為に使ってくる毒じゃから、こちらも罪悪感なしで狩れていいじゃろ」

「じいじは外からやれるけど、私は近付かないとやれないの」

ルーチェが頬《ほお》を膨《ふく》らませて少しむくれる。

旅の最中に教えてはいるんじゃが、ルーチェに合う魔法はないみたいじゃ。ステータスとしては問題ないはずなんじゃがのぅ。

その後も日が暮《く》れるまでゴブリン殲滅を繰り返す。

美味しくないモノを吸収した反動で、ルーチェの食欲がそれはもう凄《すご》かった。ラビを一匹テリヤキでぺろりじゃったからな。食後の一服もしっかり取り、ゆっくり眠る。

そんなことを数日繰り返すと、巣はほぼ消えていた。規模は大小様々あったが、無事な人質は五人しかおらず、全て娘さんじゃった。皆、《清浄《クリーン》》と《治癒《エイド》》で十分対処できるくらいの軽傷《けいしょう》だったのは幸いじゃ。

人族の娘をさらって繁殖しようとするのはゴブリン社会の基本なんかのぅ。

助けた五人を殲滅作戦に同行させるのも酷《こく》じゃろうから、《結界《バリア》》を張って街へ向かわそうとしたところ、皆に断《ことわ》られた。

《加速《クイック》》と《堅牢《スタウト》》をかけて移動と防御を万全の態勢にし、テリヤキバーガーと果実水も数個ずつ持たせてと思ったんじゃが……まぁ一緒にいたほうが安全なのは確かかの。

イレカンまでまだもう少しかかりそうなんじゃが、《加速《クイック》》を常時使ったことで馬車以上の速さでの移動が可能になった。もちろん十分な食事と休息も取った。娘さんたちは街にいる時より食事が良いと嬉しそうじゃった。

娘さんたち五人と共にイレカンに着いたのは、コボルト村を出てから十日後じゃった。本来真っ直ぐ行って半月かかる行程が、寄り道しながらも同じ時間で辿《たど》り着いた。ルーチェと二人だけならもう少し早いかもしれんがの。

警備隊《けいびたい》に娘さんたちを引き渡し、あとの事を任せる。そのまま宿を取ろうかと思ったが、再度街を出ることにした。マップを見ると、街道の外《はず》れに盗賊《とうぞく》団のアジトらしきものが表示されていたからじゃ。

どうせならその手の輩を一掃してやろうと思ってな。ここまで来たらコボルト村の心配事をとことん減らしてみようかと。

変なスイッチが入った気がするが……まぁいいじゃろ。

夜にはアジトの前に辿り着き、そのまま鎮圧《ちんあつ》開始。

儂ら二人に《結界《バリア》》をかけて、ルーチェには《強健《ハーディ》》もおまけして攻撃力を底上げ。殺そうとまでは思ってないんじゃが、腕や足の一本くらいはいいじゃろ。

三十分とかからず、盗賊団三十五人を生きたまま捕縛《ほばく》完了。《麻痺《パラライズ》》、《束縛《バインド》》、《浮遊《フロート》》でいつかと同じ特大人間風船の完成じゃ。

強奪品《ごうだつひん》を全て【無限収納《インベントリ》】に仕舞い、さらわれてた娘さん十人も救出。ゴブリン以上に娘さんをさらっとるとは……コボルトの言うことも強《あなが》ち間違いじゃないのぅ。

《清浄《クリーン》》、《治癒《エイド》》で娘さんたちを癒《いや》し、夜明けを待ってイレカンへ向かう。麻痺が治《なお》りかけてきた盗賊を《結界《バリア》》で包み、《沈黙《サイレス》》で静かにさせといた。

街へ着いたら昨日同様、警備隊に娘さんを引き渡し、盗賊を突き出す。

警備隊にオススメの宿を聞き、今度こそ直行じゃ。へとへとというほど疲れとらんかったが、妙なテンションのまま行動するもんじゃないのぅ。

オススメの宿は、フォスのベルグ亭に似た家族経営のこぢんまりとした金麦亭《きんむぎてい》というところじゃった。昼過ぎに着いたのに部屋をとれたのはありがたいことじゃ。ルーチェとのんびりゆっくりする。

夕飯はブイヤベースのような魚のスープじゃった。この街もやはり塩味が基本のようじゃ。

お腹《なか》一杯食べたら、着替えもせずそのまま就寝《しゅうしん》。見えないところに疲れが溜《た》まっていたようで、翌朝までぐっすりと眠り続けたのじゃった。

《 7 イレカン商業ギルド 》

翌朝、目が覚めると腹が盛大《せいだい》に鳴る。ルーチェも同じくで、二人の腹の音が輪唱《りんしょう》しておった。

「昨夜《ゆうべ》は腹いっぱい食べたんじゃがな」

「運動しまくったあとだからね、しょうがないよ」

朝から二人で笑い合う。

身支度《みじたく》をして食堂で朝食を頂く。メニューは、パンにサラダ、スープと普通じゃった。腹ペコな儂らには少し物足りなかったが、朝から満腹にすると動きが鈍《にぶ》るからのぅ。昼を少し早めにとればいいじゃろ。

食事を済ませると、宿の主人から商業ギルドの場所を教えてもらい、まずはそこを目指す。

神殿と商業ギルドは街の中央に造られておった。

「どちらにも用があるから便利じゃな」

「神殿に挨拶してくの？」

「まずは商業ギルドにアディエの紹介状を渡してからじゃ」

会話をしながらギルドへと入る。そこそこ人はいるが、忙《せわ》しく物と人が行き来するほどでもない。

受付でフォスのギルドマスターからだと言って紹介状を出し、ここのギルドマスターとの面会を頼んでみれば、数分と待たずに通される。儂らが寄り道するのを見越《みこ》した上で、既にアディエが連絡を寄越《よこ》していたようじゃ。

「アサオ・セイタロウさんをお連れしました」

「どうぞお入りください」

ノックされた室内からは女性の声が返ってくる。

「お待ちしておりました。イレカン商業ギルドマスターをしているイルミナと申します」

そこにいたのは、アディエとあまり年齢の変わらない三十路《みそじ》の女性だった。

「アサオ・セイタロウじゃ。よろしくの」

「アサオ・ルーチェです。よろしくお願いします」

しっかり挨拶するルーチェを、目を細めながら見つめるイルミナ。この年齢の子供がしっかりした挨拶をするのが珍《めずら》しいんじゃろな。

「アディエから連絡を受けていまして、今か今かと待っていたんです」

「何か欲しいモノがあったんかの？」

「フォスでは高品質のコーヒーを売ってもらえたと手紙に書いてありました。ぜひ、こちらにも売って頂けませんか？」

「どのくらい欲しいんじゃ？　豆と粉があるぞ」

「豆が5千ランカに粉が1万ランカ欲しいですね。在庫はありますか？」

「持ち歩いてはおらんから、明日持ち込んでいいかの？」

「構いません。都合の良い時間にいらしてください。フォスと同じ値段で買わせて頂きます」

ものすごい速さで大金が動くのぅ。値段まで決めとる辺り、本気で仕入れる気のようじゃな。

「スールで売った紅茶もあるがどうする？　そっちも買うかの？」

「紅茶もあるんですか！　欲しいですね。明日、一緒に持ち込んでいただけますか？　一応、品質調査をしてからになりますが、5千ランカは押さえておきたいです」

「ならそうしようかの」

「ありがとうございます」

「どれ、今日の一服は紅茶にするか。ルーチェもそれでいいかの？」

「かりんとうと一緒におねがーい」

目の色が変わったイルミナを落ち着かせる意味も込めて、鞄《かばん》から取り出したティーポットに茶葉と湯を入れ、カップに注ぐ。紅茶のアテにかりんとうはちとおかしい気もするが、美味しいからいいじゃろ。

「これが明日持ち込む紅茶じゃ。味見も兼《か》ねて一服してくれんか？」

「なんて綺麗な色……それにこの香り。一級品ですね」

ギルマスとしてではなく、いち商人の目を見せるイルミナ。珍しいモノが仕入れられるという興奮状態から、商品の良し悪《あ》しを判別する冷静さを取り戻したようじゃな。

「美味しいよねー。コーヒーはそんなに好きじゃないけど、紅茶と緑茶は好きなんだ」

かりんとうを口に運《はこ》びながら笑顔を見せるルーチェ。

何気ないひと言も聞き逃さないイルミナが、口を付けたカップを置きながら問いかけてくる。

「りょくちゃ？」

「そう、緑茶。美味しいよね」

「アサオさん、緑茶とは？」

ルーチェから儂へと視線を移したイルミナは、興味津々《しんしん》な子供のようじゃった。

「発酵《はっこう》させない茶葉じゃ。儂の故郷ではよく飲まれておったんじゃよ。それも飲んでみるか？」

「ぜひお願いします」

今度は緑茶セットを取り出し、急須《きゅうす》で淹《い》れた茶を湯のみに注ぐ。

「綺麗な緑色ですね。それに爽《さわ》やかな香り」

「少しだけ渋《しぶ》いけど、それがまたかりんとうに合うんだー」

紅茶を飲み終わったルーチェが、緑茶に手を伸ばす。イルミナはイルミナで、ルーチェから勧《すす》められたかりんとうを口に運ぶ。

「これは美味しいですね。緑茶の渋味ととても良く合います。甘みと香ばしさ、それにほのかな塩味。なんて素敵な組み合わせなんですか」

美味しさにうっとりしとるのぅ。心ここにあらずじゃな。

「儂自身は緑茶、紅茶、コーヒーを屋台で売ろうと思っての。その確認もあってギルドに来たんじゃよ」

「高くて誰も手が出せないのでは？」

「儂が仕入れたモノはかなり安くできるんじゃよ。そうじゃな、今の市価の半値……いや三分の一以下でもいいじゃろ」

「そんな安くて利益が出るんですか⁉」

驚きを隠《かく》せないイルミナは、思わず声を大きくする。

「まぁいけるんじゃよ。それで他の店の客が減るかもしれんがな」

「経営努力の問題だけでは済ませられないほどの差が出そうですね。でも商人が仕入れたモノをいくらで売るかは、その人の裁量《さいりょう》次第です。同業の何軒《けん》かは経営危機になるかもしれませんが」

商人として分かっても、ギルマスとしては認めにくい。そんな話なんじゃろ。

「儂は数週間もすればいなくなる行商人じゃから、潰れはせんじゃろ」

「商業ギルドに登録する以外、特に資格のいらない行商だからできる技ですね」

「その辺りはアディエにも確認したからの。あと、妙なことをしてくる輩には容赦せんからな」

「なるべく穏便《おんびん》に済ませてくださいね」

一応の忠告だけ口にするイルミナ。

「そこは相手の出方次第じゃよ」

「目には目を、だね」

にっこり良い笑顔を見せる五歳児と、苦笑《にがわら》いの三十路ギルマス。そうそう見ることのない、なかなか愉快《ゆかい》な絵面《えづら》に満足しながら一服する儂じゃった。

《 8 神殿と盗品と 》

商業ギルドを出た儂らは、隣《となり》にある神殿へと足を運ぶ。中に入ると、男性神官が一人だけいた。

「アサオ様とルーチェ様でしょうか?」

「そうじゃ」

「はい、ルーチェです」

元気良く手を挙《あ》げて返事をするルーチェ。

「お待ちしてました。フォスのルミナリスより連絡を受けております。何かございましたらお申し付けください。総力を挙げて支援《しえん》させていただきますので」

「そんな事態にならないようにしたいのぅ」

「そう言っても何かするのがじいじだろうけどね」

フォローをするのでなく追い打ちをかけてくる孫娘……味方はいないのかのぅ。

「平穏《へいおん》無事に過ごしたいだけなんじゃがな。あとは美味しいモノを食べたいくらいじゃ」

「美味しいモノは大事だね。そこはどんどんいこうね、じいじ」

食べ物に妥協《だきょう》はせんようじゃ。

「申し遅れました。私はこの神殿の神官長を務《つと》めているサルシートです」

「とりあえず挨拶だけ済まそうと思って来ただけじゃて。なるべく迷惑はかけないようにするから、そう心配せんでも平気じゃよ」

「そうですか。でも、本当に何かありましたら遠慮《えんりょ》なくいらしてください。イスリール様より仰《おお》せつかってますので」

にこやかにそう言いのけるサルシート神官長。

「イスリールにもそのうち会いに来るからの。その時は頼むのじゃ」

「ばいばーい」

それだけ伝えて神殿を出る。

このまま冒険者ギルドの用事も済ませ、残りは街中散策《さんさく》に充《あ》てようかの。

冒険者ギルドは街の入り口、警備隊詰《つ》め所のすぐ傍にあった。昨日の盗賊団捕縛の話は既に通っていたようで、すんなりギルドマスターに会えた。

フォスでの反省を生かし、盗品は全てギルドに預ける。持ち主が見つかったら、冒険者、村人など市民へは無償《むしょう》返却。貴族へは適正価格での買い戻しのみ。いちゃもんを付けてきた場合は取引終了。窓口はギルドのみで期限は七日間、期間を過ぎたら誰からの返却要請《ようせい》であろうとも受け付けない。ここまでのことを書面に起こし、ギルドに認めさせた。

これでもう冒険者ギルドに用はないのぅ。あとは買い戻しの代金と盗品の余り物を受け取りに来るだけじゃや。

来たついでにコボルト村のことも伝えておいた。魔族となった者に手を出すのはご法度《はっと》じゃから、もう大丈夫じゃろ。懸賞首《けんしょうくび》にでもなれば話は別じゃが、それはヒトだろうと魔族だろうと関係ないからのぅ。

警備隊詰め所にも顔を出してみたが、特に問題はなさそうじゃった。昨日、今日とまさかの連日だったので、顔を覚えられていたがの。

盗賊のアジトから連れ帰った娘さんたちも、既に各家へと帰ったらしい。せめてものお礼にと、幾《いく》ばくかのお金を家族が置いていったそうじゃ。盗賊団の懸賞金があるからいらないんじゃがな。

とりあえず貰っておいて、この街で使いきろうかの。それが一番じゃろ。

その後、テーブル、椅子、陶器《とうき》のカップなどを買い付ける。

夕方までのんびり街中散策をし、食料、調味料なども補充《ほじゅう》した。

湖が近いから魚介類が豊富だったのが嬉しいのぅ。寄生虫《きせいちゅう》が怖いから生食はせんがな。虫殺しの魔法は知らんからの。あれば便利じゃし、明日にでも探《さが》してみるかのぅ。

《 9 出店場所 》

宿で朝食を済ませ、身支度を整《ととの》える。

昨日帰ってきてから見つけたんじゃが、この宿には風呂場があった。いつでも湯を張っているわけではないがの。

湯を張るから入りたいと伝えたら、それならばと利用料はタダにしてもらえた。

洗うのも、水を張るのも沸《わ》かすのも大変じゃからな。双方ともに利があって良いことじゃ。宿は他の宿泊客から入浴料を取れるしの。

出店をどこにするか考えるため、今日も街中散策をする。さすがに喫茶店の目の前でやったりはせんぞ。

昨夜のうちに仕入れておいたコーヒー豆、粉、紅茶の詰め替えも終わっとる。ポニアに作ってもらった茶筒が大活躍じゃ。

商業ギルドにも顔を出し、執務室《しつむしつ》へ。

室内にはイルミナに加え、サブマスターの男性シロハンと、飲食店関係担当の女性職員サチアがいた。このサチアに高額取引の立会人を頼んであるそうじゃ。屋台についての相談もあるから丁度《ちょうど》いいのう。

鞄からコーヒーの豆と粉を出しテーブルに置くと、即座に確認作業へと移っていく。

その間に紅茶の準備じゃ。試飲と茶葉確認の為に、茶筒とポットを一つずつ、カップを数個並べる。

「今まで見たコーヒーなんて目じゃないですよ。こんな高品質を一体どこから……」

「仕入れ先は教えんぞ。商人にとってそこは何より大事じゃ……分かるじゃろ？」

紅茶の支度《したく》をしながらシロハンに答える。

「個人からの仕入れとは思えない量ですよ」

「今までより高値《たかね》での仕入れになりますが、十分に利益が見込める品です。なのでこれだけの量をアサオさんに依頼しました」

量を見て驚くシロハンに、イルミナが説明する。

「こんな高品質のモノは二度とお目に掛かれないかもしれませんよ。なら今仕入れて損《そん》はないはずです」

イルミナとサチアはとにかく量を確保したい。対して、シロハンとしては万が一の過《か》剰《じょう》在庫が怖いんじゃろうな。

ルーチェと二人、蚊帳《かや》の外《そと》状態で事の成り行きを見守る。ここで無理に売らないでも十分な資金があるからのぅ。それに自分の屋台でも使えるでな。

「儂は持ち込んだだけ、どれだけ買うかはそちらさんの判断にお任せじゃよ。それより、紅茶の試飲と品質調査を頼んでもいいかの？」

昨日と同じくカップに注いだ紅茶が、執務室に芳醇《ほうじゅん》な香りを漂《ただよ》わせる。白のカップに茶の紅色がよく映《は》えとる。

「あぁ、やはり良いですね。昨日と変わらず素敵な品です」

「コーヒーだけでなく紅茶も特級品ですか！」

「サブマスター、これは確保しなきゃダメですよ。次の機会なんて訪れませんて」

サチアは再度シロハンの説得にかかるようじゃ。買い取ってくれるならそれで構わんが、無理に売らなくてもこっちに損はないからのぅ。

「アサオさん、紅茶はどのくらいまで売ってもらえますか？」

「粉と同じ1万ランカくらいかの」

「買いましょう。豆5千、粉1万、紅茶1万で全部仕入れましょう」

反対していたシロハンが即決してしまったのぅ。ならばと、紅茶の葉もテーブルに取り出す。

「コーヒーはフォスと同じ値段で、紅茶はスールと同じ値段で構いませんか？」

取引記録を見ながら仕入れ単価を確認するイルミナ。豆が100ランカ20万リル、粉が100ランカ18万リル、紅茶が100ランカ23万リルじゃったな。

「紅茶は100ランカ20万で構わんぞ」

「安くなるのは嬉しいですが……良いのですか？」

「スールはギルマスがダメじゃったから23万にしたんじゃ。20万でも十分利益は出るからの」

ネイサン《あのバカ》に関わることはもうないでのぅ。

「あぁネイサンですか。先が見えない愚者《ぐしゃ》ですからね。目先の利益に対しての嗅覚《きゅうかく》はそら恐ろしいほどあるのに、もったいないことです」

知っとるようじゃな。ギルマスなら他所《よそ》のこともある程度把握《はあく》していて当然か。この呆れ顔を見る限り、あやつもそこそこ有名なんじゃろ。

「適正価格での取引に戻す良い機会じゃ」

「ありがとうございます。では紅茶は20万で計算しますね」

イルミナ、シロハンが代金を用意する為に席を立つ。その戻りを待つ間に、サチアと屋台のことを相談しておけば、時間の無駄を省《はぶ》けて良さそうじゃな。

「儂が屋台を出すのは聞いとるかの？」

「あ、はい。聞いてます。何でも格安でコーヒー等を振る舞うとか」

サチアは飲みかけの紅茶から口を離して答える。

「これだけの高品質、高価格のモノを安く出して平気なんですか？」

「儂の仕入れ価格なら問題ないんじゃよ。赤字になることもない」

「それは仕入れ値が気になりますね。でもマナー違反《いはん》ですから置いときましょう。どこに店を出すかは決まったんですか？」

「そこを相談に来たんじゃ。別に他所の店に喧嘩《けんか》売りに来たわけじゃないからの。どこか良い場所はありゃせんか？」

今日は候補地《こうほち》を聞きたくて来たというのもあるのじゃ。

「んー。なら近くに飲食店のない辺りがいいですかね。どの通りにもいろんな商会の絡《から》みがありますから、いっそのこと、このギルドの隣でやりますか？」

「端《はし》に行けないなら、ど真ん中でってことかの？」

「ですね。ギルドの隣でしかも管理地。ウチが認めていると言えば、誰からも文句は出ないと思いますよ」

サチアは笑顔であっけらかんと言う。

許可を得て本丸の隣に構えた店に文句は言えんか。まぁ期間限定の屋台だからできる一手なのかもしれんな。

「他の店には、私から『喧嘩売るな』という内容の通知を出しておきます」

「それはありがたいが、平気なのか？」

「ここだけの話ですが、イスリール様に頼まれてますからね」

顔を近付けて小声で耳打ちしてくるサチア。儂が驚いていると、片目を閉じる。

「ナイショですよ」

「お待たせしました」

そこでタイミング良くイルミナたちが戻ってくる。

「豆1000万、粉1800万、紅茶2000万で合計4800万リルになります」

テーブルに金貨入りの袋が積まれていく。

「これだけの量が並ぶと壮観《そうかん》ですねー」

「個人との取引では過去最高額ですね。白金貨だけでご用意できなくて申し訳ありません」

軽い物言いのサチアを放置して、イルミナが詫《わ》びを入れてくる。

「白金貨は48枚も用意してないじゃろうからな」

「これでいっぱい食べられるね、じいじ」

一切会話に混ざらずお茶とかりんとうをつまんでいたルーチェが、ここで初めて声を出す。一同が一斉にそっちを見るが、ルーチェは全く気にせず間食を続けとる。

これだけの額を全部食べ物にかけても食い切れんぞ。

「取引もこれで終わりじゃな」

「良い取引をありがとうございました。何かありましたら、またお越しください」

イルミナたちと握手《あくしゅ》を交わし、ギルドをあとにする。

出店場所も決まり、懐《ふところ》はほくほく。すこぶる気分の良い儂じゃった。

《 10 魔法書さがし 》

商業ギルドで用事を済ませ、残る今日の予定は、あるかもしれない虫殺しの魔法書探し。

なんでも初級魔法と生活魔法は魔法書で習うのが一般的らしく、冒険者ギルドで紹介された店に足を運ぶ。そこは冒険に役立つ魔道具も扱う店じゃった。

いろいろ便利そうな魔道具を選びつつ、本命の魔法書区画へ。ルーチェの為の初級魔法全般と生活魔法、儂も覚えていない生活魔法を買い求めて店を出る。

生活魔法は痒《かゆ》いところに手が届くような、一芸に秀《ひい》でたモノの揃《そろ》い踏《ぶ》みで間違いないと思うんじゃ。使い途《みち》も限られて、種類も多いからか教本はかなりの分厚《ぶあつ》さがあるわい。

結論から言えば、虫殺し魔法はあった。ただ相当に用途《ようと》が限定的なので、あまり覚えるモノではないそうじゃ。普通はそんな無駄なモノに魔力を割く余裕はないんじゃと。十分活用方法はあると思うんじゃがな。

野営の時に周辺に展開するとか、食材に付いた虫を取り除《のぞ》くとか、農薬代わりとかの。益虫《えきちゅう》もおるじゃろし、使い方を間違えたらものすごい致命傷《ちめいしょう》になると思うがな。

続いて、街の西側にあるイレカン湖へと向かう。

湖の一部を街に取り込んであり、ここは漁業の拠点《きょてん》になっておる。

市場《いちば》のようなものも併設《へいせつ》され、直接買い取りもできるので便利じゃ。ただ箱単位での買い取りになるので、必然的に大家族や商店、宿屋などが買い手となっておる。儂には

【無限収納《インベントリ》】があるから何も問題ないがの。

湖で獲れた新鮮《しんせん》な魚を数箱まとめて買い、【無限収納《インベントリ》】へ仕舞う。

虫殺しがあっても、まずはタタキくらいからにしたほうがいいじゃろか。あとで鑑定しながら実験して、刺身までいければ万々歳《ばんばんざい》なんじゃがな。

宿へ戻って早速料理を開始。夜の仕込みまでは暇だったらしく、ベルグ亭の時と同じく調理場を快く貸してもらえた。

【無限収納《インベントリ》】から取り出した魚に《駆除《リドベスト》》をかけて寄生虫を退治。そのままで鑑定したら『寄生虫に注意。生食は中《あた》ります』だったからの。《駆除《リドベスト》》したあとは『生でも美味しく安全に食べられます』となったのには笑ったのぅ。

三枚におろしたら、骨と頭は鍋《なべ》へ。

身に串を打ち、表面を炭火で炙《あぶ》ってタタキにする。

鑑定を信じて生のままの刺身も一緒に盛る。

アラはそのまま炊《た》いて味噌汁に。

マスのような魚は、はらわたを出してからヒレに塩を振って焼く。

【無限収納《インベントリ》】からごはんを取り出せば、魚御膳《ごぜん》の完成じゃ。

ルーチェと二人で食べようかと思ったんじゃが、調理場を貸してくれた主人も含めて三人で昼ごはんにした。

「魚を生でなんて食べたことありません」

おっかなびっくり食べながら、主人はそう告げた。ただ《駆除《リドベスト》》をかけていたのを見ていたこともあり、抵抗は少なかったようじゃ。知ってはいても使わない魔法というのは本当なんじゃな。

「わさびがないのが残念じゃが、刺身もタタキも美味いのぅ」

「この味噌汁も美味しいよ、じいじ」

主人は生魚以上に醤油に驚いていた。

果実を見せたところ、イレカン周辺にも自生しておるそうじゃ。

使い方を教え、店売りがほとんどないらしいので少しばかり譲《ゆず》っておく。その分は宿代から値引きってことで話が付いた。

儂の手持ち分もそろそろ減ってきたから、また収穫《しゅうかく》に行かないとダメじゃな。

食べ終えると、主人は夕飯の仕込みをするようで、その手伝いを頼まれた。美味しい食事の為の協力は惜《お》しまんぞ。

主人はアラ汁を特に気に入ったらしく、今夜も食べられるようじゃ。

三枚おろしにした身はソテーにするべく、塩を振ってから小麦粉をまぶす。

あとはサラダとパンが付いて夕飯の完成じゃ。

時間が余りまくったのでドレッシングを作ってそっと渡す。

アラ汁にはパンより白米が合うので、儂らの分のパンは遠慮しておいた。出されたものを残すのは気が引けるからの。

食べたことのない味付けだったからか、最初は文句を言っていた客も、最後は大喝采《だいかっさい》じゃった。塩味以外の汁物が珍しいんじゃろ。

一部の客はパンに良く合うと言ってたのぅ。儂は白飯派じゃがな。

《 11　喫茶アサオ 》

翌朝、身支度を整え宿を出て商業ギルドへ向かう。いや、正確にはギルドと神殿の間のちょっとした空《あ》き地に向かう。

テーブルと椅子を数組並べ、調理スペース兼《けん》カウンターとなる作業台も置く。これであとは魔法で飲み物をこしらえるだけじゃ。

コーヒーはコーヒーメーカーで淹れる。緑茶、紅茶はそれぞれ急須とポット。ルーチェには、【無限収納《インベントリ》】からルーチェのアイテムボックスの鞄に移してある、かりんとうなどの軽食を手渡してもらう予定じゃ。お茶と軽食ならこれで十分じゃろ。

飲み物全部一杯1000リル。話題性の為に100リルでもいいんじゃが、さすがに安すぎると思ってな。それでも器付きの値段なら破格《はかく》と言えるじゃろ。紅茶とコーヒーは温冷どちらもあり。緑茶だけは温かいもののみじゃ。

軽食はかりんとう600リル。ポテチ500リル。ホットケーキ800リル。どれも数量限定になっとる。

「まずは香りで客を集めようかの」

コーヒーメーカーに豆と水を入れ、スイッチオン。豆を挽《ひ》く香りが辺りに広がる。屋外なのでそれほど広い範囲には届かないが、それでも今まで嗅《か》いだことのない香りに引かれる者はいる。

「コーヒーが1000リルって本当なのかい？」

「そうじゃよ。温かいのも冷たいのも出せるぞい」

「じゃあ冷たいのを一つもらおうかな」

「毎度ありなのじゃ」

木製の器に粉コーヒーを入れ、お湯を注ぐ、そこに水を足し、更にいっぱいの氷を入れ、アイスコーヒーの完成じゃ。この氷は《氷針《アイスニードル》》を砕《くだ》いたものでな、《浄水《ウォータ》》と同じく混ざり物がないから美味しいみたいなんじゃよ。

「へー、冷たくても良い香りがするもんだなぁ」

お代と引き換えに器を受け取ったお客は、すぐに香りと味を楽しむ。そのまま一杯飲み干《ほ》してしまう。

「もう一杯、いや二杯もらえるかな？」

「毎度ありなのじゃ」

出来上がったアイスコーヒーを手渡すと、満足そうにその場を去っていった。

一人お客が来れば、あとは目を引く喫茶アサオ。

こんなところにあるとは思わない格安コーヒー、紅茶のお店。瞬《また》く間に人だかりが出来る。扱うのは飲み物が主なので、大混雑にはならない。

「ホットが二つにアイスが一。あちらさんが紅茶のアイス、ホットを二つずつじゃな」

「私に注文してくださいねー。そのあと、じいじのところで代金と品物の受け渡しでーす」

軽食がまったく出ないのでルーチェが注文を取り、儂が作って渡す。そんな流れが出来上がるのに時間はかからなかった。テーブルと椅子があっても皆持ち帰りばかりじゃ。

人だかりも落ち着いた頃に、シロハン、サチア、イルミナが顔を見せた。

「大盛況ですね」

「そうじゃな。特に問題もなく皆喜んでくれとるよ」

「軽食がぜんぜん出ないのが予想外かなー。少し高かったかな？」

「コーヒー、紅茶が安すぎなんですよ」

苦笑いのシロハンに指摘される。

シロハンを気にせず、サチアはカウンターへと並ぶ。

「ギルド職員の分を頼まれたんで、注文いいですか？　コーヒーのホットとアイスを五個ずつ。紅茶はアイスで七個。緑茶を四個にポテチを三個お願いします」

「毎度ありなのじゃ」

「全部で２万２５００リルになりまーす。じいじのところで代金と引き換えに商品を受け取ってくださいね」

ルーチェがサチアに伝えながらポテチを取り出し、こちらへ持ってくる。

「アイスコーヒーとかりんとうを二つください」

「私は温かい紅茶とホットケーキをお願いします」

「はーい。シロハンさんが２２００リル。イルミナさんは１８００リルになります」

次々注文をさばいていくルーチェ。サチアにはお盆で商品を渡してある。あの量は手では持てんじゃろうからな。あとでお盆だけ返してもらえばいいじゃろ。

軽食がギルド女性職員に好評だったようで、その後何度か追加で買いに来ておった。

そのまま何事もなく時間は過ぎ、夕方。

慌ただしさもなくなりそろそろ店を閉めようかとしていると、イルミナとサチアがまた顔を出す。

「かなり話題になってましたよ。安さだけでなく味でも」

「それは良かったのぅ」

「他の店からも苦情は出てませんから、このまま続けても大丈夫じゃないですか？」

「連日やることはないからの。久しぶりの客商売で少し疲れたわい」

「へとへとでーす」

ヒト型のまま若干《じゃっかん》スライムの姿へと溶《と》けかかるルーチェ。魔族の身分証があるから、このままでもいいかのぅ。

「ところでアサオさん。あの軽食はどちらから？」

「ん？　あれはフォスで作ってきたものじゃよ。儂が教えたメニューじゃから珍しいじゃろ？」

「えぇ。見たことないのに食べたことあるような美味しさで不思議でした」

「使ってる食材は珍しくないからのぅ」

そこまで聞くとイルミナは考え込む。

「レシピを教えていただくことは可能ですか？」

「別に構わんよ。秘密のレシピでもないからの」

「どこかの商会や店が文句を言ってきたら、そのレシピで手を打たせようかと思いまして」

「それならいくつか考えとることがあるから、そっちも一緒に提供するのはどうじゃ？」

儂が提案すると、サチアに顔を覗《のぞ》き込まれた。

「何考えてるのアサオさん」

「悪いことじゃないから大丈夫じゃよ。皆に利益があるはずじゃ」

「そんな良い考えが？」

少しだけ訝《いぶか》しむイルミナをよそに、儂は話を続ける。

「そうじゃな。明日、どこかの調理場と二人のどちらかは空《あ》いてるかの？」

「私なら空《あ》いてますよ。明日は休みですし。特定の相手も予定もない寂《さび》しい独身者ですから」

そんなことまで聞いてないんじゃがな。サチアは何か嫌な事でもあったんかのぅ。

「なら私は調理場を確保しますね。一か所くらいは空《あ》いてるでしょう」

「それで、いつからやりますか？　一日空《あ》いてますけど」

サチアの周りになんか黒いモノが見えるのぅ。気のせいか？

「朝食と買い物を済ませたらギルドに顔を出すでな。それから移動してやる感じかの」

「分かりました。ではそのように手配しておきます」

話し終えるとイルミナはギルドに戻っていく。サチアは女性職員に頼まれたらしく、ポテチとかりんとうを買ってから戻っていった。

その後、店じまいをするまでにもちらほらお客が来て、今日の営業は終わった。

宿へ帰ると、風呂に入りさっぱりしてから夕飯。ブイヤベース風のスープに鶏肉のソテー、サラダにパン。今日も美味しい夕飯じゃった。

思ってた以上に疲れたらしく、ベッドに入るとすぐ睡魔《すいま》に襲われ、二人仲良く夢の中へ落ちていった儂らじゃった。

《 12 素敵な調味料 》

今日は『喫茶アサオ』は開かん。

そして昨日言っていた通りポテチ、かりんとう、ホットケーキのレシピをギルド職員に教える日でもある。自分たちの分の量産も忘れずにやっておかないとならんのぅ。

ついでに、いくつか使えそうな調味料も教えるつもりじゃ。作るのはとても簡単なのに、こっちの世界ではまだ見かけてないんじゃよ。

いろいろ食材を買い足して商業ギルドに行くと、サチアは既に外で待っていた。

中へ入り、イルミナに挨拶をしておく。

食材などの仕入れを担当するタオニャンという女性職員も同行するようじゃ。猫耳があるから獣人なんじゃろな。獣人は街中で普通に見かけるでの。

国によっては魔族、獣人を差別、迫害《はくがい》するらしいが、今までいた街ではそんなことなかったのぅ。そんな所には行きたいとも思わんな。

ルーチェも含めた四人で調理場に行くと、様々な調理器具が並べられていた。コンロは三口あり、それとは別に竈《かまど》もある。

まずは教えてほしいと言われた三品からじゃな。

薄くスライスしたポテトでポテチを作り、余った部分はフライドポテトにする。

小麦粉で作った少し硬《かた》めの生地《きじ》を延《の》ばして、切って、揚げて、蜜《みつ》にからめてかりんとうに。

同じく小麦粉を使った緩《ゆる》めの生地をじっくり焼いて、バターとシロップをかけてホットケーキも完成じゃ。

決して難しくない手順を見て、タオニャンは驚いていた。使っている食材も珍しいモノはシロップくらい。それも蜂蜜で代用できるからの。醤油だけは珍しさがあったかもしれんがな。

レシピをしっかり書き記しておったから大丈夫じゃろ。

さて、ここからは実験がてらの調味料作りになる。

イレカンにはパスタがあったので、それに合うモノを作るつもりじゃ。ただこの街ではあくまで茹《ゆ》でたものをそのまま食べるみたいで、更に調理するという発想がないみたいなんじゃよ。単体でも満足できるパスタ料理も一緒に教えると、広まるかもしれんな。

最初に作るのは、仕込みにも仕上げにも使えるニンニクオイルじゃ。

これはただオイルにニンニクを漬《つ》け込むだけなんじゃが、その発想もなかったようで驚いておったわい。

入れるものが変わるだけの唐辛子オイルも一緒に仕込んでみた。

胡椒《こしょう》は高級品なのに、唐辛子は庶民《しょみん》にも手が出せるくらいなのは、野菜の一種だからかのぅ。儂も地球では自家栽培《さいばい》してたしの。

ニンニクオイル、唐辛子オイルはどちらも使い勝手の良い調味料じゃ。炒《いた》め物にも使えるし、煮物やスープにも使える。パンにかけて焼くだけで十分良いアクセントになるしの。

次に作るのは唐辛子ソースじゃ。

地球だとよくピザとかにかけるヤツじゃよ。

刻《きざ》んだ唐辛子、ニンニク、酢《す》を弱火でじっくり煮てからすり潰す。これに塩を入れてまた少し煮詰《につ》めればもう完成じゃ。好みで少しだけ砂糖を入れてもいい。

ちゃんと消毒した瓶に詰めておけば保存も利《き》くでな。

あとは、儂の欲しかった漬物を作って終わりかの。

好みの野菜に塩ふって終わりじゃ。あとは時間がなんとかしてくれる。そういえば【無限収納《インベントリ》】の中だと時間が経たないから漬からないかもしれんのぅ。古漬けも欲しいから、そこはまた今度考えるかの。

ついでにピクルスも教えてみた。ピクルス液だけ作ればあとはいろんな野菜で応用できるからな。その辺りは各自で研究してもらうのがいいかもしれん。

ここまで一気に作り上げて、やっと試食。

軽食に関しては出来上がったものを途中でつまんでたみたいじゃがな。

ルーチェにお茶を頼まれたから出したところ、女性陣での即席お茶会になったわい。一応タオニャンはメモを取りながらだったがの。

「こんな簡単なことで変わるものですねぇ」

オイルを嗅ぎ、少しだけ舐《な》めながらそんなことを口にするタオニャン。

「うわっ！　これ辛っ！」

「びりびりするー」

「そりゃそのまま試したらそうなるじゃろ」

唐辛子ソースを舐めたサチアとルーチェに、【無限収納《インベントリ》】から取り出した鶏の串焼きを渡す。

「料理にかけて楽しむもんじゃからな」

鍋でパスタを茹で、フライパンで肉と野菜を炒める。

オイルは先ほど作った二種類を少しずつ使う。

肉と野菜に火が通ったら、刻んだトマトを入れてさっと和《あ》える。そこに茹で上がったパスタを加えて混ぜ合わせれば、即席ナポリタン風の出来上がりじゃ。味付けは塩とほんの少しの醤油。

スパイス類がもう少しあるといいんじゃが、手持ちにないから我慢じゃ我慢。

「パスタも料理すれば変わるもんじゃろ？　これにも唐辛子ソースが合うんじゃよ」

そう言いながらひと口頬《ほお》張《ば》る。

ケチャップ味ではないが、なんとなく懐《なつ》かしく感じる味じゃな。粉チーズもスパイスと一緒に探そうかの。

「うわぁ、美味しいです。これ一皿で結構満足ですよ」

「ソースの辛さがピリ辛くらいになるのね。これはいい刺激だわ」

「おいしーい。辛いのなくても十分おいしーい」

タオニャン、サチア、ルーチェと三者三様《さんしゃさんよう》の反応が返ってくる。

「こんな風に使えるんじゃよ。ピクルスは箸休め、口直しに丁度いいしの」

「本当にいいんですか？　これだって十分お金取れますよ？　しかもかなりの利益を見込

めるし」

「美味しいモノがいつでも食べられるようになるなら、それでいいんじゃよ」

儂はタオニャンににこりと微笑む。とりあえずはイレカン限定じゃろうが、そのうちフォスなど他の場所でも食べられるようになるじゃろ。

「欲がないわねぇ」

「いやいや、商人じゃから欲まみれじゃよ。美味しいモノを楽して食べたいから教えとるんじゃ。自分で作るより楽できるじゃろ？」

「美味しいモノは大事。楽なのも大事」

サチアと儂の言葉にうんうんと頷く五歳児。そんな早くから楽を覚えるモンじゃないぞ。

「ではこのレシピはお預かりします」

「何か文句言ってきたらこれで黙《だま》らせるから安心して。高くて美味しくない売れにくいコーヒーが、安くて美味しい料理になるなら文句ないだろうし」

「文句を言われんのが一番なんじゃが、昨日の売れ行きを見るとダメそうじゃからな」

「お客さんは正直《しょうじき》だからね。安くて美味しいモノに集まるのは当たり前だよ」

丁寧に頭を下げるタオニャンと皿を指さすサチアをよそ目に、ぱくぱくナポリタンを食べ進めるルーチェ。気に入ったんじゃな。パスタも少し多めに仕入れておくかの。

「あと少し作りたいものがあるんじゃが、時間は平気かの？」

「問題ありませんよ」

「私も大丈夫。寂しい独《ひと》り身に時間は余ってるのよ」

タオニャンはともかく、サチアは昨日に続き若干黒いオーラを滲《にじ》ませながら答える。

「ここからは明日のメニューの為の仕込みじゃからな。他言無用じゃぞ」

「それはレシピも秘匿《ひとく》ですか？」

「いや難しくはないし、秘密にするようなことでもないんじゃが、魔法を使うからのぅ。料理に魔法を使うなんて発想はないんじゃろ？」

「へ？　そんなの聞いたことありませんよ」

驚きからか、気の抜けたような顔をするタオニャン。横にいるサチアは未だ黒い。

その後、失敗することなく完成したモノは、明日お披露目《ひろめ》となる。先行して味見をした女性三人の顔は、儂の思惑《おもわく》通り溶けていた。

《 13　フロート 》

翌日、喫茶アサオは朝から大盛況じゃった。

一昨日店を開けたばかりで、しかも昨日は休み。それなのに安さと美味しさからリピーターが既に付いていた。しかも口コミでお客は増えている。そのおかげかのう。

昨日開発したアレもなかなか良い売れ行きを見せておった。大量に作れなかったので数量限定になってしまったがの。

緑茶、コーヒー、紅茶に加えて新たにお目見えしたのは、フロート。そう、アイスクリームをのせたのじゃ。

フロートにした場合は一杯2000リルと倍額になるんじゃがな。それでも順調に数が出ていっとる。主に女性が注文してくれて、男性もちらほらとってとこかの。甘いモノが好きなのは男女関係ないと思うんじゃよ。まぁそんなことを言えるほど甘味の種類もないしの。だからこそ、うちのが人気《にんき》なんじゃろ。

一人でかりんとうを五皿買っていくなんてこともザラじゃからな。

さすがにホットケーキをいくつも注文するのはまだいない……あ、いやいた。

ギルドの女性職員代表でサチアが六皿持っていってたのぅ。

慌ただしいまま昼を過ぎると、出るものが少し変わってきた。

他所で食事を済ませてからウチで飲み物を買って帰る。そんな流れが出来上がっていた。

何組かは飲み物とホットケーキを昼食にしてるようじゃ。

フロートの残りもあと少し。思った以上に捌《さば》けたのぅ。

そのまま順調に売り上げは伸びていき、今日もこのまま営業終了かと思った時、招かれざる客が来た。大方の予想通り、なんちゃら商会の娘だそうじゃ。

「誰の許可を得てこんなところで店を出しているのかしら？」

「商業ギルドマスターのイルミナじゃよ。他に誰かの許可がいるのかの？」

「ゴールディ商会への挨拶もなしに勝手なことをしないでくださるかしら」

金髪縦《たて》ロールで高慢《こうまん》な娘。こんなステレオタイプなお嬢様がいるんじゃなぁ、と感心しながらも、ルーチェに小声でおつかいを頼む。

「はぁ……ルーチェ、すまんがイルミナとサチアを呼んできてくれんか？」

こくこく頷いてルーチェは足早に消えていく。

「ゴールディ商会さんはギルマスよりも偉《えら》いのかの？　儂は行商人じゃからその辺りに疎《うと》いんじゃや」

「偉くはないんですが」

「偉いですわよ」

従者の返事を打ち消すように縦ロールが口を開く。あ、従者が頭を抱えとるのぅ。苦労しとるようじゃ。

「ゴールディ商会が賛同しなければ、この街では何もできませんもの」

胸を張り頬に手を当てホホホと高笑い。うーむ貴重《きちょう》なモノを見てる気はするんじゃが、腹が立ってくるのぅ。

「フォア嬢、今の発言はお父上の立場を危《あや》うくしますよ」

「なんですの？　イルミナさんじゃありませんか」

やってきたイルミナに一瞥《いちべつ》をくれる縦ロールことフォア。

「フォアさん、今の発言を撤回《てっかい》したほうがいいですよ。それにアサオさんに関しては通達してますからね。お父上の顔を潰すことになりかねませんよ」

「何故《なぜ》です？　ゴールディ商会の意に反した出店など認められるわけありませんわ」

「いいですか？　この土地はギルドが管理している空《あ》き地です。そこにギルドの認めた者が店を出すのに、ゴールディ商会の意向なんて関係ありません。商会の下にギルドがあるわけではありませんから」

イルミナに言い切られてフォアは若干たじろぐ。が、それでも何とか言い返す。

「商会に楯突《たてつ》くんですの？」

「権力……いえ、財力にものを言わせるんですか？　お父上の教育方針を疑《うたが》いますね」

「な、なんで今お父様が出てくるんですの！」

「お嬢様、もうお止《や》めください。当主様の名に傷が付きます」

真《ま》っ赤《か》な顔でサチアに食ってかかろうとするフォアを従者が止める。扱いには慣れているようで、力ずくでの制止だった。

「何をするの！　離しなさい！」

「ギルドへ何をしに来たのですか？　当主様の先触《さきぶ》れでしょう。そろそろお見えに……ああ遅かった」

「何をしているフォア。淑女《しゅくじょ》がこんなところで声を荒《あら》らげるものではないぞ」

見れば、老紳士《ろうしんし》が従者を連れてゆったりと歩いてくる。

「お父様！　サチアさんがお父様を馬鹿にするんです！」

「本当ですかな？　サチア殿《どの》」

「えぇ。権力、財力にものを言わせようとしたフォア嬢に『お父上の教育方針を疑う』と言いましたよ」

「なんと。とんだ無礼《ぶれい》をした。申し訳ない」

すっとサチアに頭を下げる紳士。親は馬鹿ではないようじゃ。

「何故です！　何故お父様が頭を下げるのです！　馬鹿にされたんですよ」

「馬鹿はお前だ！　私は恥《は》ずかしくて仕方ない。バステア、フォアを連れて早急に屋敷へ戻るんだ」

「かしこまりました」

バステアと呼ばれた従者は、フォアを連れてその場を去っていく。

フォアは納得できていないのだろう。こちらをキッと睨《にら》みつけながらの退場となった。

「こちらが件《くだん》のアサオ殿かな？　娘が迷惑をかけたようだ。申し訳ない」

「いやいや、イルミナたちが相手してくれたからのぅ。お客さんを待たせたくらいで、儂は大丈夫じゃよ」

再度頭を下げる紳士に、儂は手を振りながら答える。

「待たせてしまって申し訳ないのぅ。これは詫びとして受け取ってくれんか?」

「いいの? ありがとうね、おじいちゃん」

オーダー待ちをしていた客に、飲み物と一緒にポテチを渡す。数組だけじゃったのが不幸中の幸いかの。

「アサオさん、すみません。まさかこんなに早く問題が起きるとは」

「しょうがないじゃろ。立場上そうはいかんかもしれんが、イルミナがそんなに責任を感じることもあるまい。まぁこの店は一日置きに何度か開けるくらいでしか考えとらんからのぅ。最悪このまま閉めたって問題ないからの。他の街に行くだけじゃから、そう気にせんでくれ」

「いやいや、アサオさんが良くても、ギルドの顔が潰れるからね。人の噂《うわさ》ほど怖いモノはないいんだから」

「本当に申し訳ない。こんな馬鹿なことをする子だとは思わなかったよ」

項垂《うなだ》れるイルミナ、普段と変わらない儂、機嫌の悪いサチアに、頭を下げる紳士。かなり面白《おもしろ》い絵面に仕上がっとるのぅ。

「じいじ、とりあえずお店閉めちゃっていい？　今日はもうやらないでしょ？」

「そうじゃな。もう店仕舞いじゃ」

ルーチェと共にさっさと片付けを始める。テーブルや椅子を【無限収納《インベントリ》】に仕舞うだけでお終《しま》いじゃがな。

「アサオさん、この後少しいいですか？　お話があります」

「夕飯までに終わるなら構わんぞ」

「では執務室へお願いします」

全員でイルミナの執務室へと場所を移す。まぁこの落とし前をどうするかって話なんじゃろな。

本当に構わんのにの。この街で店をやらなければいいだけなのじゃから。

《　14　落とし前　》

執務室へと移った全員の前にコーヒー、紅茶、緑茶と茶請けを出す。店で出していたものを流用しただけなんじゃがな。

「先に言っとくが、儂は本当に気にしとらんぞ。縄張《なわば》り荒《あ》らしと言われれば確かにそうじゃからな。この街で営業しなくても困らんしの」

「いいえ、そもそも『縄張り』って発想がおかしいんですよ。なんとなく各商会の領域のようなものはありますけどね、誰がどこに店を構えようと本来は問題ないんです。扱ってるモノや店の出し方に違法性さえなければ」

「その通りです。これは再度通達したほうが良さそうですね」

未だ怒りの収まらないサチアは、今回の件で溜まってたモノが噴出《ふんしゅつ》しておるようじゃ。そしてイルミナも思うところがあるみたいじゃな。

「フォアと同じように勘違《かんちが》いした者が増えていると？」

真顔のまま、イルミナの言葉に反応を示す老紳士。

「ええ。最近その手の諍《いさか》いが増えています。締《し》めるのに丁度いい機会かと」

「その書面に同意した者にのみ、アサオさんのレシピを公開しましょう」

「レシピ？」

大きく頷くイルミナの言葉をサチアが継《つ》ぐと、紳士が微かに眉《まゆ》を動かした。

交換条件にレシピをぶら下げるのか。でも内容が分からないから署名《しょめい》しないんじゃないかのぅ。

「先日からアサオさんが売っているモノのレシピです。今ここに出ているかりんとうなどですね」

目の前にある軽食を指差しながらイルミナが答える。

「どれも見たことないものですね。美味しいんですか？」

「好みは人それぞれじゃからのぅ。儂は好きじゃが、どうじゃろな」

「私はすきー。緑茶と一緒に食べると最高だよ」

老紳士に答えながら、ぱくぱくかりんとうを食べ続けるルーチェ。

「ほほぅ。一ついただきます」

老紳士も恐る恐る一つ摘《つ》まんで口に運ぶ。

「堅《かた》い……いや程良い堅さだ。それに甘いだけでないこの塩味と香り。今まで食べたことのない食べ物です」

おぉ好評じゃ。

「単品でも美味いもんじゃが、飲み物と一緒に食べればより美味しくなるんじゃよ」

「では紅茶を……なんですかこれは！　色も香りも今までの物と段違いです！」

ひと目で違いに気付いたようじゃな。しかし、目を見開く老紳士とは珍しいものを見られたのぅ。

「紅茶、コーヒー、軽食とアサオさんからの提供です」

「この紅茶は仕入れられますか？」

「ギルドで仕入れました。ですが限りがありますし、きっと貴族に渡ることになるでしょう」

紅茶から儂へと顔を向けた老紳士に、イルミナが伝える。

「なんとかこれを買い付けできれば」

「それはアサオさん次第でしょう。まぁそのアサオさんにフォア嬢が喧嘩《けんか》を売ったんですけどね」

小さくつぶやく紳士に、サチアがチクリと告げる。

「なんと！　あの馬鹿娘が……重ね重ね申し訳ない」

折角《せっかく》の仕入れの機会を潰した縦ロールに呆れてるようじゃな。普通は喧嘩売った相手が物を売ってくれるハズないからの。

「商会で香辛料は扱っとらんかの？　たくさん種類が欲しいんじゃが」

「あります！　ですが、そんなに種類はありません。胡椒をはじめとした数種類です」

「じゃあ、それを売ってもらえるかの？　その代わりに紅茶とコーヒーを卸《おろ》すのでどうじゃ？　そんなに量はないがの」

「構いません！　そんなことで良ければこちらからお願いしたいくらいです」

「……となったが、問題ないかの？」

爺二人のやり取りをイルミナに確認する。

「当事者間で問題なければ大丈夫ですよ。ただ、かなりの高級品ですが、ゴールディ商会で扱うのですか？」

「確かに紅茶もコーヒーも高級品ですからね。どちらも１００ランカ12万リル前後でしょう？　この品質なら16万リルも覚悟してますが」

「コーヒー豆も紅茶も１００ランカ20万リルじゃよ。それでも良ければ卸すが、どうする？」

「予想の遥《はる》か上ですか！　いやしかし今仕入れなければ二度目はないでしょうし……」

ぶつぶつ言いながら悩《なや》む老紳士。

「アサオさん、本当にいいの？　喧嘩売ってきた小娘のところと正規の値段で取引するなんて」

サチアがかすかに聞こえる程度の声で耳打ちしてくる。

「あの縦ロールがダメなだけであって、商会がダメなわけじゃないからのぅ。値引きなぞ提案してきたら、取引自体を取り下げるがの」

「あぁ、多少怒ってはいるんだね。ならいいや」

儂とて聖人君子ではないんじゃよ。スールでネイサン《あのバカ》にやったのも褒《ほ》められた手ではないしの。

それでも、舐められたらいかんからのぅ。やる時はやるんじゃ。

今がその時ではないだけじゃな。

その後、縄張り主張禁止の書面も出来上がり、そこにレシピのことも盛り込んである。

まぁ簡単な話、シマ争《あらそ》いするんじゃないぞということじゃ。

そうすれば目新しいレシピがもらえるんじゃから、損はないじゃろ。余計なことで時間を潰すなら、新しい料理で儲けたほうが賢《かしこ》いからのぅ。

「アサオ殿。それぞれ3千ランカ買わせていただきたい」

お、決まったようじゃな。

「分かった。なら明日、店に出向くから、その時にでも香辛料を頼もうかの」

「じいじ、お店の場所分かるの？」

ずっと食べっぱなしだったルーチェが、ここで素朴《そぼく》な疑問を口にする。

「……分からんのぅ」

「宿はどちらに？」

「金麦亭だね」

「明日の昼前に迎えの者を行かせます」

「ならお願いしようかの」

下手《へた》を打って取引が飛ぶのが嫌なんじゃろな。とりあえず老紳士の厚意《こうい》には感謝じゃ。

「今日はこれまでじゃな。なら帰ろうかの」

「はーい。お世話になりました」

席を立ち、お辞儀《じぎ》をしたルーチェと部屋を出ようとする。

「さっきお出しいただいた紅茶などはいただいてもいいですか？」

「ダメって言われても欲しいです」

イルミナとサチアは残り物を確保するのに余念がない。

「茶請けと一緒にもらってくれ。今日の迷惑料じゃ」

「やった♪」

こんなことで喜ぶとは、女子じゃのぅ。

執務室を出て、金麦亭へと帰る。

いちゃもんから始まったギルドでの交渉《こうしょう》で、思わぬ拾い物――スパイスを仕入れる伝手《つて》ができたことが嬉しい儂は、思わずスキップしておった。

《 15　魅惑《みわく》の香辛料 》

明けて翌日。昨日、宿屋に戻ってから〈朝尾茶園《あさおちゃえん》〉のスキルで紅茶とコーヒー豆を仕入れて準備は万端《ばんたん》。いつ迎えが来ても大丈夫なように身支度も万全。

とはいえ昼前としか時間が伝えられておらんので、暇を持て余すことになる。ならばやることは一つ。料理の補充じゃな。

早速、金麦亭の主人にいろいろ頼んでみる。

やはり新しい料理は面白いらしく、快く承諾《しょうだく》してもらえ、共同作業が開始された。今日作るのは、ギルドに提供した品にお子様向けのドーナツを追加するくらいかの。さして時間も手間もかからないメニューばかりなので、あっという間に終わる。

それでも、揚げるという調理法は目から鱗《うろこ》なようで、主人は大変驚いていた。今度時間がある時には唐揚《からあ》げを作ってもらうといいかもしれんな。あれなら魚も肉もイケるからのぅ。

香辛料が手に入れば更に美味しくできるじゃろ。


そうこうするうちに迎えが姿を見せる。昨日見た縦ロールの従者じゃった。確か、名前はバステアだったかの？

「アサオ様、お迎えにあがりました。準備はよろしいでしょうか？」

「大丈夫じゃよ。案内よろしく頼む」

「かしこまりました。ただ、先に謝罪《しゃざい》を。昨日はお嬢様がご迷惑をおかけしました。お止めすることもできず申し訳ありませんでした」

そう言って、バステアは深々と頭を下げる。

「気にせんでくれ。嬢ちゃんはこっぴどく叱《しか》られたんじゃろ？」

「はい。当主様にそれはもう叱られておりました」

頭を下げたままバステアは答える。

「親にちゃんと叱られたなら、儂が何か言うこともあるまいて。今日の取引を無事に済ますだけじゃ」

「ありがとうございます。では参りましょう」

馬車を用意してくれてたんじゃが、徒歩《とほ》で向かうことにした。自分の身は自分で守れるし、そう遠いわけでもないらしいからの。

歩きがてら会話をすると、嬢ちゃんの性格は母親不在によるものが大きいそうじゃ。不《ぶ》作法《さほう》を窘《たしな》めるべき母親が長いこと病《やまい》で伏《ふ》せっているらしい。

一方の父親は商会の代表として忙しく留守《るす》にしがち。愛情不足で構って欲しいからって、高慢になっちゃダメじゃろ。

ただ今回の件で、伸びた鼻と一緒に心も折れたようで、良いほうへ向かうかもしれん。

街の中央にある商業ギルドから見て、東へ伸びる通りにあるゴールディ商会はとても大きな店構えをしておった。

湖とは反対側なので、まだ散策で訪れていない地域じゃった。その大きな店に入るなり、あの老紳士が自ら出迎えてくれた。

「アサオ殿、よくいらしてくれた。早速商談といきたいのでこちらに来てもらえますかな」

笑顔の老紳士に、応接室へ連れていかれる。

「紅茶葉とコーヒー豆、それぞれ3千ランカじゃ。確認してから代金をもらえるかの」

鞄から取り出した品をテーブルに並べ、確認を促《うなが》す。控《ひか》えていた従者がすぐさまそれを量《はか》りで調べていく。

「やはり良い品だ。少々高くても仕入れる価値が十分ある」

満足そうじゃ。あとは代金を受け取り、香辛料を買うだけじゃな。

程なくして量り終える。それぞれ3千ランカの代金きっかり1200万リルを受け取り、取引終了。今度はこちらが客となる番じゃ。

「さて、香辛料は何があるかの？」

「胡椒、唐辛子、あとピメントです」

紅茶の葉とコーヒー豆を片付け、代わりに香辛料が運び込まれる。香りが移らないように配慮《はいりょ》したんじゃろな。

「ピメントとはなんじゃ？」

「こちらの、胡椒に良く似たモノになります。複雑《ふくざつ》な香りがしまして、非常に高価です」

ナツメグなどいくつか合わせたようなこの香り。これは……オールスパイスじゃな。

「唐辛子は買ってあるから、胡椒とピメントをそれぞれ2千ランカもらえるかの」

「2千ランカですか！　そんな大量に買ってもらえるとはありがたいですな」

この驚きようだと、個人で買い付ける量じゃないんじゃろな。

「胡椒に種類はないんかの？」

「種類ですか？　これ以外は聞いたことがないですが」

「そうか。ならいいんじゃ」

まだ研究されとらんのか、それとも全く別物になっとるのかもしれんな。醤油が木の実な世界じゃからのぅ。黒胡椒が買えただけでも御《おん》の字じゃな。

「詳《くわ》しくお聞かせ願えませんか？」

「あぁいいんじゃ。儂の勘違いかもしれんからな」

いらん情報は混乱を招くだけじゃろ。レシピだけで満足してもらうべきじゃな。

なんとか食い下がろうとするのを、のらりくらりとかわして精算へ。

胡椒が１００ランカ12万リル、ピメントが１００ランカ15万リルとかなりの高額商品じゃった。合計５４０万リルと、今までの買い物の最高額更新じゃ。

それでも現在の所持金からすれば微々たるもんじゃな。商売せんでも暮らせるし、旅もできるんじゃが、かといって何もしないでいるのはどうにも性《しょう》に合わなくてのぅ。

まぁ楽しくやってることじゃから、今のままでいいじゃろ。

ゴールディ商会での買い物を終え、金麦亭に戻るまでの間に東通りをぶらぶらする。こちらの通りは他所の街や村からの交易品が主流らしく、見たことないモノが多くあった。

ギルドへ近付くにつれ、日用品や消耗品《しょうもうひん》の類《たぐい》を扱う店が増えていく。役立ちそうな物や、使えそうな物をいろいろ仕入れて、今日の買い物は終了。

明日はまた釣りでもしようかの。

いやその前に、釣り竿の改良じゃな。糸と針もなんとかしたいでの。冒険者ギルドで素材を探してみるのもいいかもしれん。なんだったらルーチェと集めに行ってもいいしのう。

《 16 素材採集 》

さて、釣り竿作りじゃ。

これまでのは簡易版《かんいばん》の即席品じゃったからな。日本と同じモノとまではいかんでも、ちゃんと作れば先々まで使えるじゃろ。

リールもあると便利じゃが、構造までは分からん。延《の》べ竿《ざお》にしとくかの。となると竿、糸、針、浮きの素材探しからか。まずは冒険者ギルドで素材を買うか、情報を集めるかじゃな。

「ルーチェ、今日は釣り竿作りに挑戦じゃ」

「はーい。じゃあ素材集めに狩りだね」

「いやまだ狩るとは決まって――」

「狩りだね」

ヤル気満々じゃな。こりゃ止められそうにないのぅ。ここ数日店の手伝いばかりじゃったから仕方ないか。

「とりあえず身支度したら冒険者ギルドへ行くぞい。買う物と狩る物を選ぶにも情報がいるからの」

「はーい。ご飯食べたらすぐ行こうね」

朝食をさくっと終え、身綺麗にしたら金麦亭を出る。美味しい朝食に加え、この後の狩りがあるからルーチェのテンションはうなぎのぼりじゃ。

「狩ーり、狩り♪　へい、狩ーり、狩り♪」

宿を出たあと、ずっと妙な歌を口ずさみながら歩いとる。合いの手にポーズまで入れて、笑顔で狩りの歌を続ける。

可愛いが、五歳児の口から狩りという言葉が連発されるのはどうなんじゃろな。さっきから、まず笑った後でギョッとする大人とすれ違いまくりじゃ。

ほどなくして冒険者ギルドに到着。

朝の混雑が一段落した後なのでさして混んでいない。

受付の嬢ちゃんに商業ギルドカードを提示し、盗品返却の状況を聞きがてら情報収集。盗品返却は特に問題なく進んでるそうじゃ。まぁ問題あったとしても言えないじゃろ。それがバレた時点で終了と宣言しておるからのぅ。ただあと数日は街にいるので、出る直前まで期限を延ばすことにした。

その数日の延長だけでも喜んでたところを見ると、予想以上に問い合わせが来てるのかもしれんな。

竿用の木材、糸、浮き、針の素材の相談をすると、いろいろ教えてくれた。

儂の背丈《せたけ》より高くて、片手で持てるくらいの細さと軽さを併《あわ》せ持つ木材はないかと聞いたら、街の北に自生している植物を紹介してくれた。現在、使い途が見出《みいだ》せていない素材なんじゃと。

糸はやはり撚《よ》った蜘蛛《くも》の糸か蔓が妥当《だとう》らしい。そのどちらも素材部門で売ってるので、購入決定じゃな。このあたりは防具、衣服製作の為、常に在庫を押さえてあるそうじゃ。

浮きになりそうなものはないらしい。水に浮く素材ならなんでもいいんじゃから、鳥の羽根でもいいのにの。

針は鍛冶《かじ》で頼むか、骨や木材を加工してもらうのが良いみたいじゃ。どちらも工場《こうば》を教えて貰えたから、直接頼もうかの。

「これなら自分でやるのは竿用の木材採りくらいじゃから、狩りはないかもしれんのぅ」

「えー、狩りないの？」

「街の外だから分からんがの」

「晩ご飯のお肉くらいは狩っていいよね？」

「そのくらいは構わんじゃろ。食べる分を獲るのは悪いことじゃないからの。食べないのに狩るのは無駄な殺しになるからいかん。害獣なんかは別じゃがな」

それに冒険者の仕事が減るからのぅ。食い扶持《くぶち》がなくなるのはいろいろと困るじゃろ。

「じゃあ行こう」

ルーチェに腕を引かれてギルドをあとにし、そのまま街の北の森へと連れていかれる。

街からはそこそこ離れているが、大型の魔物は見当たらん。

「随分《ずいぶん》と長いが、こりゃ竹じゃな。しかも篠竹《しのだけ》かの」

儂の背丈の三倍くらいに伸びた細長い竹。これなら十分に竿に出来そうじゃ。予備分も含めて数本を切り、枝葉を落として【無限収納《インベントリ》】へと仕舞う。

「ルーチェ、竿が手に入ったから街へ帰るぞ」

「はーい。もうちょっとで終わるから」

ナイフを手に満足した笑みを浮かべるルーチェ。

儂が竹を切ってる間に、数匹のウルフとラビを狩っていたようじゃ。自分で解体した肉と素材は渡してあるアイテムボックスの中に、内臓などの不要な部位は《穴掘《ディグ》》で埋《う》める。

弱い魔物だとステータスがほとんど上がらなくなったので、最近は吸収する機会も減っておる。

解体も終わり、自分に《清浄《クリーン》》をかければ帰り仕度《じたく》が完了。ルーチェも生活魔法に慣れたようじゃな。

「さ、帰ろう、じいじ」

「うむ。今日は肉を焼いてもらって晩ごはんじゃな」

「そだね。魚も美味しいけど、やっぱ肉も食べたいからね」

「宿に帰る前に釣り針を頼んで、昼は何を食べようかのう」

二人で手を繋ぎながら、のんびり街へと帰るのじゃった。

《 17 帰り道 》

ギャアッ！　ギャアッ！　ギャアッ！

「ん？　なんじゃ？」

街へ帰る途中、鳥の鳴き声が響《ひび》きわたる。

「魔物同士で争ってるんじゃないかな？　でもこの近くにそんな危《あぶ》ないのいなかったよね？」

「そうじゃな。来る時にはいなかったし、反応もなかったのぅ」

《索敵《レコナ》》で常に警戒《けいかい》しとるし、そんな反応あれば見落とさん。

声のするほうを探索すると、一つの大きな点をいくつもの点が囲んでいた。

「何かが山から下りてきたのか、それとも冒険者が狩りをしとる最中なのか」

「山は少し東にあるね。私たちの通ったとことは違うから、見落としたのかもよ？」

「街に害のある魔物だといかんからの。とりあえず見に行って、どうするか決定じゃな」

「はーい」

《結界《バリア》》を展開し、気配を殺しながら近付いていく。

森の中の少し開けた所で、その戦闘は起きていた。

ずんぐりとした巨体の魔物を、大きく色彩《しきさい》豊かな鳥が数羽で囲み、絶《た》えず攻撃をしとる。一羽が眼、首などの急所を爪とクチバシで狙《ねら》い、他の数羽が牽制《けんせい》を繰り返す。急所狙いをする一羽は順繰りで交代している。

「随分と良い連携《れんけい》攻撃じゃな」

「でも効いてないね。あっちは攻撃くらっても回復のほうが早そうだよ」

鳥からの攻撃を受けている巨体の魔物は、鬱陶《うっとう》しそうに手を振り回す。

腕や足に傷を受けても、みるみる傷は塞《ふさ》がっていく。片目を潰されても少しすれば治ってしまう。

「あの回復力と巨体……トロールかの？」

「じゃないかな。実物は初めて見るけど」

闇雲に振り回される腕を避《さ》けて攻撃する鳥たちには疲労が見える。

一撃貰えば飛べなくなる鳥と、何度傷を受けても絶命《ぜつめい》するより回復のほうが速いトロール。

その差は歴然《れきぜん》だった。

「鳥も魔物じゃろうが、あのトロールが街に来るかもしれんなら、いかんな」

「やる？」

「そうじゃな。ただ一応鳥たちに念話を送って、こちらが攻撃されないようにしてからじゃ。言うこと聞くかは分からんがの」

やっと戦えると分かり目を輝かせるルーチェに頷き、儂は鳥たちへと念話を飛ばす。

『そのトロールを狩るのを手伝うぞ。こちらを攻撃しなければお前さんたちを攻撃する気はない。それが分かったらひと声鳴いてくれんか？　それを合図に加勢するからの』

ギャアッ！！！！

「相分《あいわ》かった《結界《バリア》》、《加速《クイック》》、《治癒《エイド》》」

鳥たちに複数の魔法をかけて戦闘開始。

「ルーチェは足元を頼む。表面的な傷だけが治るのか分からんから、骨を折るくらいしてくれると助かるんじゃがな」

「分かった。やってみる」

《加速《クイック》》と《強健《ハーディ》》をかけると、ルーチェはトロールへ向かって駆け出す。勢いそのまま膝への低空ドロップキック。メキャッと嫌な音を立てながら、曲がってはいけないほうへとトロールの膝は曲がっていく。

「《虚弱《フィーブル》》、《暗闇《ダスク》》、《麻痺《パライズ》》」

ルーチェの攻撃に合わせ、儂からも弱化魔法三連発。

「状態異常とダメージの両方を回復させるには時間がかかるようじゃな」

目を潰された時のような速さでは戻らないようで、膝が折れ倒れたままのトロール。

「打撃ダメージは少ないみたいだけど、奥まで届けばいけるっぽいよ」

何度も拳や蹴りを叩きこんだルーチェはそう答えを導き出した。

倒れ込んだ頭に繰り返し打撃を浴《あ》びせた為か、トロールの動きは更に遅くなっておる。

トロールの周囲を飛び回っていた鳥たちは、未だに牽制と急所攻撃を繰り返している。

ただ素早さが上がった為かその鋭《するど》さが増し、トロールに与える表面的な傷は増えていた。

儂は鳥たちのいない腹部へ《火球《ファイアーボール》》と《水砲《ウォーターガン》》を撃《う》ち込む。麻痺、火傷《やけど》の治りは遅いようで、緩慢《かんまん》な動きと爛《ただ》れた皮膚《ひふ》は中々回復せん。

しかし、鳥たちから受けた切り傷は既に治り始め、逆方向へ曲がった膝も徐々に戻ってきたのか、トロールは立ち上がろうとする。

「この回復力を暴発《ぼうはつ》させてみるかの」

「じいじ、なんかやるの？」

「ちょっとした実験じゃ。かなりグロいことになるかもしれんがの」

「うへぇ」

黒い笑みを浮かべる儂に、舌を出して渋い表情を見せるルーチェ。

「全員離れてくれ！　全身を刻むぞい！」

ギャアッ！

そうひと声鳴くと、鳥たちはトロールから距離《きょり》を取る。

「《風刃《ウィンドエッジ》》」

トロールを風の刃が切り刻む。腕、足、腹、頭と、傷を負《お》っていないところなどないくらいに全身が血に塗《まみ》れていた。

「仕上げじゃ。《快癒《ヒールオール》》」

儂の回復魔法で、傷の塞がる速度が異常なほど跳ね上がる。ただ、その傷を塞いだ後も治癒能力は衰《おとろ》えない。限界を超えた回復はその身を蝕《むしば》んでいき、治ったはずの腕や足が膨らみ、破裂《はれつ》する。腹が、頭が、治った傍から血を流す。それでも治癒機能は変わらず身体《からだ》を治し続け、どれが傷でどこが治ったのか、それも分からないくらい繰り返される。ルーチェに頭を散々攻撃され、脳の一部が壊《こわ》れたのもその一因かもしれん。

「成功じゃな。一気に体力を削《けず》れないなら、自前の回復能力を暴走《ぼうそう》させて自滅《じめつ》させる。トロール退治には使えそうじゃ。見た目はヒドイがの」

「うわぁ。ヒドイなんてもんじゃないよ。普通のヒトじゃ見てらんないと思うよ、これ」

トロールだったものが肉塊へと姿を変える。その光景を平然と見ている五歳児と爺……うん、おかしな光景じゃな。

「さて、鳥っこたちはこれで安全じゃな。このトロールは儂らがもらってもいいかの？　食べるなら半分くらいは残すが」

ギャアッギャアッ。

「いらんのか？　なら別の肉と交換するかの」

【無限収納《インベントリ》】から数羽分のラビ肉を取り出し、鳥たちの前に置く。その間にルーチェがスライムの姿になり、トロールだった肉塊を吸収。

ギャアッ。

ラビ肉を掴《つか》んで飛び立つ鳥たち。その中の一羽が、自分の尾羽をクチバシに咥《くわ》えて差し出してくる。色彩豊かで長い尾羽じゃ。

「じいじのことを認めたみたいだね。大事な尾羽を渡してくるなんて」

「ありがたいのぅ。その辺りに落ちとる羽根をもらえれば十分なんじゃがな」

尾羽を渡すと、その一羽も飛び立っていった。

「トロールを吸収したら結構ステータス上がったっぽいよ。やっぱり強い魔物じゃないとダメなんだね」

鳥たちを見送ると、ルーチェがそう話しかけてきた。これは、また狩りをしたいって意味なのかのぅ。

戦闘痕を消す為に辺りに《清浄《クリーン》》をかけ、落ちていた羽根は集めて【無限収納《インベントリ》】に仕舞う。

尾羽は帽子にでも付けるかの。

「さて今度こそ街に帰るか。昼ごはんもまだじゃからな」

「あれを見てもごはんを求めるじいじってやっぱすごいよね。私も食べるけどさ」

若干の呆れを見せるルーチェと一緒に、今度こそ街へと帰るのじゃった。

《 18 釣り竿あれこれ 》

トロールとの戦いで腹が減った儂らは、昼ごはんを堪能《たんのう》してから、鍛冶屋へと足を運んだ。

服があるくらいじゃから縫《ぬ》い針はあったんじゃが、それを曲げた釣り針となるとなくてのぅ。どうしたもんかと思って鍛冶屋を頼ってみたんじゃ。

金属製の釣り針はまだあまりないらしく、特注扱いでの依頼となった。かなり小さいので骨が折れるからと、結構な値段を示されたが、まぁいいじゃろ。儂らは武器や防具を買い替える必要がほとんどないから、ここで多少金をかけても問題ないんじゃ。

その後、近くにある加工場にも寄って同じような釣り針を頼む。骨や木材から作った前例が既にあるはずじゃからな。

欲しい大きさと形の見本にと、返しのない手製釣り針を鍛冶屋と加工場のどちらにも渡しておいた。

数はお任せで出来上がった分だけ買い取ると伝えたら、二日後に来てほしいと言われたので、釣りはそれまでお預けじゃ。

この二軒での用事を済ませたら、冒険者ギルドに顔を出し、トロールの件を伝えておく。

肉塊にしてしまったトロールの討伐《とうばつ》証明はできんが、情報だけは出せるからの。

原形をとどめていないアレを、一部でも【無限収納《インベントリ》】に仕舞うのは嫌じゃった。汚《よご》れはしないが、気分的に嫌なんじゃよ。

他にもトロールがいるかもしれんので、早速調査依頼を出すみたいじゃ。

情報を得たのに何もしないで、後手《ごて》に回るような愚鈍《ぐどん》なギルドでないのは救いじゃな。

続いて、蜘蛛糸と蔓を素材部門で数種類購入。

蔓を買うならロードヴァインの素材を残しておけばよかったのぅ。ただアレは太いから、釣りとなると使えんか。それでも、レーカスに行く前にもう一度ダンジョンに寄るのは良い手かもしれん。ダンジョン産のドロップ品は高値で売れるから、それを旅先のギルドへ売るのも良さそうじゃし。


宿屋へ戻る前に、湖畔《こはん》まで足を延ばす。

採ってきた竹に《乾燥《シーズン》》をかけ、《加熱《ヒート》》で熱しながら真っ直ぐに矯正《きょうせい》していく。ルーチェは大人《おとな》しくしていたかと思えば、水際《みずぎわ》でばしゃばしゃ熊漁をしておった。

竿先に蜘蛛糸を縛り付け、糸先には重りとして骨を付ける。

どれが合うのか分からんからのぅ。実際に振ってみるのが一番じゃろ。フォレスト、ナイロン、メタル、ダークと様々な蜘蛛糸を試す。ナイロンもメタルもまさかの名前通りの質で驚いたがの。

メタルを道糸にして、ナイロンをハリスにするのが良いかもしれん。あとは実践《じっせん》してみてじゃな。

浮きは、お礼に貰った尾羽を使うのもなんじゃから、拾い集めた羽根を使ってみた。なかなか良い具合だったのでこれも決定じゃな。

取り出しついでに尾羽を鑑定してみたら、結構な品じゃった。

その結果がこれじゃ。

【名　前】極楽鳥《ごくらくちょう》の尾羽
【効　果】装備《そうび》者は風の加護《かご》により素早さが少し上がる。
【特　記】むしり取った物ではなく、与えられた物にのみ、この効果は現れる。

儂の知る極楽鳥はあんなにでかくないんじゃが、こっちの世界じゃあれくらいは普通なんじゃろ。これはルーチェの服に付けてやるのがいいのぅ。接近戦だと攻撃するにも避けるのにも、素早さは大事な要素じゃからな。

「じいじー、あっちに誰かいるよー」

対岸を指差しながら、ルーチェがこちらを振り返る。

「あっちもこの街の一部なんじゃろか？」

マップには白点がいくつか並んでいる。対岸と言っても数キロ先になるので、本来見えるはずもない。ただステータスのせいかこの身体のせいか分からんが、なんとなく見える。

「リザードマンぽいのぅ。あっちを住処《すみか》にしとる魔族なのかもしれんな」

「私の魚獲りとじいじの釣り竿を見てるっぽいよ」

とりあえず手を振ってみる。おぉ振り返してくれとる。

「なんとなく意思疎通《いしそつう》できるようじゃから、魔族じゃろ」

「だね。でもあそこまで行くのは大変そうだから、もう会わないかもね」

「かもしれん……いやこっちに向かって来とるじゃろあれ」

数人のリザードマンが舟を漕《こ》いで湖を渡り始めていた。

「何か街での買い物があるんだと思いたいが、違うじゃろな」

「真っ直ぐこっちに向かってるからね。どう見ても私たちに用があるでしょ」

そうじゃよな。

「まぁいきなり戦闘になることもないじゃろう。あちらさんが来るのをのんびり待つかのぅ」

「じいじ、お茶とかりんとうよろしくー」

テーブル、椅子を取り出し、一服の支度をする。そのままのんびりしていると、リザードマンたちは湖を渡り終え、目の前に姿を見せた。

「お初にお目にかかる。私は一族の若頭をしているテッセイと申します」

「アサオじゃ。こっちは孫のルーチェ」

「村側から見ていると何やら面白い動きをされていたので、気になって参った次第です」

「あの距離で見えていたのか。なかなかの視力をしとるのぅ」

「私たちも見えてたからそうでもないんじゃない？」

「ええ、手を振って頂けたので来ました。貴方がたも見えていたんですよね？」

「まぁなんとなくじゃがの」

普通の人族には無理なくらいの距離があるからのぅ。

「こちらへはたまに買い出しなどに来るのですが、私たちを見て手を振る方など初めてでした。しかも対岸からとは驚愕《きょうがく》です」

「魔族には何度か会ってるからの。それでなんで来たんじゃ？」

「あぁそれです。先程ルーチェ殿がやっていたのはなんですか？　あとアサオ殿が振っていたものも気になりました」

やっぱりアレが本命か。

「今作ってる途中の釣り竿じゃよ。ここらは素潜《すもぐ》りや仕掛けで魚などを獲るんじゃろ？潜らなくても岸や舟から魚を獲れる道具を作ってたんじゃ」

「私は魚を手で飛ばしてただけだよ」

ルーチェの言い草も間違ってはないんじゃがな。簡単すぎじゃろ。いやそれ以上の説明はないか。

「作っていたということは、まだ完成ではないのですか？　あと、魚は飛ばすものではないと思うのですが」

テッセイの答えは至極《しごく》真っ当じゃな。

「今、釣り針を作ってもらってる最中なんじゃよ。それ以外のところを作ろうかと、ここでいろいろやってたんじゃ」

「それは私たちでも使えるのでしょうか？」

「たぶん平気じゃろ。欲しいのか？　お前さんたちなら素潜りで魚を獲れるから、こんなのいらなかろう？」

「いえ、子供や女性でも魚が獲れるなら、男衆は森へ行くことができます。そうなれば我々の食料が充実すると思いまして」

逼迫《ひっぱく》した食料事情ではなさそうじゃから、余裕を持ちたいってところかの。

「釣り針の完成が二日後で、試しをしてからと考えると、三日後にまたここへ来てもらえるかの？　現物をひと揃え見せるのがいいじゃろ」

「分かりました。三日後にまたこちらへ来させて頂きます。その時は村へお連れする形を取ってもよろしいでしょうか？」

「リザードマンの村に案内してくれるんか？」

「はい、そのほうが良いかと思いまして」

「おぉ、新たな魔族の集落だね。これは行くしかないよ、じいじ」

ルーチェも乗り気じゃな。二人で一緒にいろいろ見るのが旅の目的じゃからな。この提案は素直に受けるのが一番じゃろ。

「じゃあそれでお願いするかの」

「では三日後、お迎えにあがります」

そう告げると、テッセイたちはまた舟を漕いで湖を渡っていった。

「釣り竿作りからまた一気に話が変なほうへ行ったのぅ」

「面白そうだし、いいんじゃない？」

「それもそうじゃな。トラブルではないイベントなら良いじゃろ」

妙なフラグは圧《へ》し折《お》りたいがの。


熊漁で獲れた魚と昼間狩ったラビたちを手土産《てみやげ》に、宿へと帰る。日持ちしない魚はその日の夕飯に追加され、他の客にも喜ばれた。美味しいモノは誰もが大抵喜ぶ。

そんなありきたりなことを思いながら部屋で一服し、そのまま寝床に入るのじゃった。

《 19　アサオ料理教室 》

翌日は朝から喫茶アサオを開店する。

相変《あいか》わらずの盛況ぶりに目を回す一日だった。商業ギルドからの通達が効いたのか、面倒事は一切なし。いや軽食がいくつか売り切れて、サチアたちがぶーぶー言ってたくらいはあったがの。

「かりんとうなどを作る場所がないんじゃから、仕方ないじゃろ」

「またギルドから借りればいいじゃない！」

キレ気味のサチア。そんなに軽食が大事なのかの？

「サチアは作るところを見てたんじゃから自分で作れば……できないんじゃな」

そっと視線を外すサチアの姿が全てを物語っていた。

「女だからとか、男だからとか言うつもりはないがの。いくらかでも作れると便利じゃよ？」

思わず諭《さと》すように優《やさ》しく言葉が出てしまった。この世界に男尊女卑《だんそんじょひ》や女尊男卑《じょそんだんひ》な考えがあるのか知らんがの。部族単位だとありそうじゃがな。

「アサオさんが教えてくれる？　超が付くほど不器用な私でも作れるようになる？」

「レシピ通りに妙なことをせんで作れば、普通にできるじゃろ」

「それでもできないのよ！」

誰かに同じこと言われたんじゃな。若干涙目でキレるサチアに憐憫《れんびん》の情が湧《わ》いてしまうわい。

「分かった、分かった。明日にでも料理補充がてらの特別教室を開いてやるから、それでどうじゃ？」

「言質《げんち》は取ったわよ！　今から場所押さえてやるんだから！　覚悟しなさい！」

サチアのキャラがおかしなことになっとるのぅ。ビシッとこっちを指差しながら去っていく。

まぁ補充する機会が得られるのは儂としてもありがたいから、いいじゃろ。

「明日は料理と釣り竿完成の予定で決まりじゃな」

「はーい」

午後からの営業も問題は何もなかった。

金髪縦ロールのフォァ嬢が謝罪に来たくらいかの？　今回のことを父親にこっぴどく叱られたんじゃと。間違った考えの上、折角の商機を失うところじゃったからな。仕方ないじゃろ。

ただ仕事が忙しく、娘に構ってやれてないことへの詫びの言葉ももらえたようで、嬢ちゃんだけが叱られ損にはなってないらしい。これは従者のバステアが教えてくれたんじゃ。

儂への謝罪のあとで、ギルドに謝罪も済ませ、その時に家族への詫びの品を相談したところ、明日の料理教室をイルミナから教えてもらったんじゃと。

で、今はそれに参加させてくれと儂に直談判《じかだんぱん》中じゃ。

「アサオさん、私も料理教室に参加させてください。お願いします」

「構わんよ」

「ふぇ？　いいんですの？」

気の抜けた声を発し、随分と間抜けな顔をするフォア嬢。そんなに意外かのぅ。

「何が悪かったか理解して、ちゃんと謝ったんじゃろ？」

「それはもちろんですわ！　ですが私のしたことを考えたら……」

「しっかり分かったならもういいのじゃ。作った料理を家族にあげたいんじゃろ？　なら明日、頑張《がんば》るんじゃぞ」

「ありがとうございます！　明日は頑張って美味しいモノを作りますわ！」

ぱっと花の咲《さ》いたような笑顔を見せるフォア。生徒が一人増えたところで、さして問題にはならんじゃろう。


……………そんな風に考えていた時が確かにあったのぅ。

今の惨状《さんじょう》を、昨日の自分に見せてやりたいもんじゃ。

「ねぇアサオさん！　なんか真っ黒になったんだけど！」

「こっちはボウルで混ぜられませんわ！」

二人とも料理下手の基本を着々とこなしておるんじゃよ。ベタなテンプレ通りにの……

「サチア、どこで余計なモノを入れたんじゃ？　フォアは分量が間違っとる」

「あとで絡めるなら先に入れちゃえば早いと思ったのよ」

「だからって糖蜜《とうみつ》を混ぜ込んで揚げるなんて暴挙《ぼうきょ》じゃろ。そんなことしたら仕上がる前に焦《こ》げるに決まっとるじゃろが」

「そんなこと知らないわよ！　教えてくれるって言ったじゃない！」

「レシピ通り、妙なことはせんように言ったはずじゃが？」

「いや、だって――」

「口ごたえしない！」

「ひゃいっ！」

ぴしゃりと言われたからか、サチアは背筋《せすじ》をぴんと伸ばす。

「料理では手順を守るのも大事なんじゃよ」

「……はい。この真っ黒い物体はどうすれば……」

「鍋から取り出して作り直しじゃな。さすがにそれを再利用はできん」

黒かりんとうではない、焦げ１００％は無理じゃよ。一から作り直してもまだまだ時間はあるから、何度か繰り返せば覚えてくれるじゃろ……材料を沢山仕入れておいて正解じゃったな。

「大事な食料を使うんじゃ。無駄にせんようにちゃんと作って、美味しく食べる。それを忘れちゃならんぞ」

「はい。ちゃんとします。だからもう一度教えてください」

サチアはしょぼんとしながらも、まだ諦《あきら》めてはないようじゃ。

ひきあげた真っ黒かりんとうはルーチェが吸収してくれた。ルーチェの食事量が気になるところじゃな。ゴブリンたちを吸収した時ほどの食欲にならんことを祈るしかないのぅ。

「で、フォアのほうは大幅《おおはば》な分量の間違いじゃな」

「ま、間違ってませんわ……きっと」

「間違ったからこんなことになっとるんじゃよ」

ボウルいっぱいになみなみ入ったホットケーキ液。これ、少しでも動かしたらこぼれるじゃろ。

「ちゃんと量って順番通りにやらなきゃ、美味しいモノにならんぞ」

「……はい」

「量が多いだけならまだ良かったんじゃが、これは水分が多すぎじゃ。ボウルをもう一個使って粉を足さんと失敗するじゃろな」

「挽回《ばんかい》できますの?」

「お前さん次第じゃがな。たくさん練習する為にいっぱい用意した。そう思って数をこなすほうが気分的にも楽じゃろ?」

「分かりましたわ! たくさん作ってホットケーキをマスターしてみせますわ!」

しゅんとしていたフォアも笑顔を取り戻す。泣いたカラスがもう笑った、てな具合に切り替えが早いのぅ。

そこからは、本当に数をこなす料理修業《しゅぎょう》状態じゃった。

二人とも何度か失敗したが、十分『できる』と言っても差し支えないほどの腕前にはなってくれた。失敗作と完成品で一服して、自分たちの腕前の経過を確認したし、納得じゃろ。一品だけとはいえ、人前に出せる料理を作れるようになったんじゃから。

これで料理教室は無事に終えられるな。昼ごはんのあとは補充をこなすかの。

「ルーチェ、昼は何にする？　ここで作るのが手っ取り早そうじゃ」

「鶏肉と卵が食べたい」

料理でなく食材で希望が来た。

「玉子焼きとテリヤキかの。いや、親子丼にするのもいいか」

「おやこどん？」

「ご飯の上に甘じょっぱく煮た鶏肉と玉子をかけた丼《どんぶり》じゃよ」

「それおねがーい」

「私もおねがーい」

「なら私もお願いしたいですわ」

ルーチェに追随《ついずい》するようにサチア、フォアもオーダーしてくる。

「見たこともないモノなのに平気なのか？」

「アサオさんの作るものならきっと美味しいはず！　あ、心配しないでもお金は払うわよ？」

「かりんとうもホットケーキも見たことなかったものですのよ。今更《いまさら》ですわ」

目を輝かせながら期待の眼差しを向けてくる二人。

「なら少し待っとれ。すぐ出来るからの」

【無限収納《インベントリ》】から鶏肉、長ねぎ、卵、醤油、料理酒、砂糖を取り出す。料理酒もそろそろこっちの世界のが欲しいところじゃな。その前に米を見つけなきゃダメじゃろが。

鶏肉はひと口大に切り、長ねぎを斜《なな》め薄切りにする。フライパンに切ったものを入れて割下で煮る。醤油、酒、砂糖は好みで分量が変わるが、基本の比率で作れば問題ないじゃろ。

鶏肉に火が通ったら溶き卵を回し入れ、蓋《ふた》をして少し蒸《む》らせば出来上がり。

丼によそったごはんにささっとのせて皆の前に出す。

手を合わせて、いただきます。

サチアとフォアも真似して、いただきます。

二人にスプーンを渡し、自分たち用には箸を取り出す。

「じいじ、これおいしー。たまごとろとろー」

「こんなに少ない食材でこんな美味しいものが出来るなんて」

「美味しい！　アサオさんありがとう！　これの作り方も教えて！　あー、でもこの白いのが手に入らないや」

「久しぶりに作ったが、好評でなによりじゃ。この白いのは米と言うんじゃよ。イルミナに聞いてみれば、知っておるかもしれんぞ？」

「本当!?　確認しなくちゃ！」

「私もお父様に聞いてみます！」

おぉ、米の流通に希望の光が見えてきたかもしれんな。どこでも食べられるようになるのはまだまだ先としても、これは嬉しいのぅ。

「肉を変えるとまた違う感じになるからの。基本の味付けを覚えれば、いくらでもアレンジが利くはずじゃ」

「じいじ、おかわり」

「私も！」

「私もあと少し欲しいですわ」

ルーチェを真似して丼を掲《かか》げる二人。おかわりをよそって再び丼を皆の前へ。美味しそうに食べる三人を横目に、【無限収納《インベントリ》】から漬物と卵を取り出す。

箸休めとして、漬物を切って器に盛る。

卵を溶き、醤油と砂糖を少し加えフライパンへ。何度も巻きと焼きを繰り返し、焼き上がったダシ巻き風もひと口大に切って皿にのせ、皆の前へ。

「卵を焼いただけなのに、なにこの美味しさ！」

サチアは驚きの声を上げる。

「この野菜も美味しいですわ。塩を振っただけではないんですの？」

「玉子焼きまで食べられるなんて幸せだねー」

とろける笑顔のルーチェ。フォアは漬物に興味津々のようじゃ。

「簡単なようで奥が深く、難しいのが卵料理じゃよ。その野菜は塩で揉《も》んだだけじゃ。サラダとはまた少し違うじゃろ？」

「簡単そうに見えるのに。これも教えて」

「分かった分かった。ただし、今日はこれから料理を補充しなくちゃならんから、また今度じゃな」

「絶対よ！　約束だからね！」

「その時はぜひ私も参加させてください！」

次回開催《かいさい》が決定した瞬間じゃった。

これは反故《ほご》にできそうもないのぅ。料理嫌いだったサチアが乗り気になっとるんじゃ、このくらいの協力はいいじゃろ。調理場借りてくれとるのもサチアじゃからな。ついでにまたいろいろ作って旅先の為に溜め込んでいくかの。

それからは、一服を挟《はさ》みつつのんびりと店用ドーナツなどを大量生産していった。

料理を終えたら、鍛冶屋と加工場で釣り針を受け取り、本日の予定は終了。思った以上に濃《こ》い一日になっていた。

「釣り竿の試しは明日じゃな」

「テッセイが来るのも明日だし、平気でしょ」

のほほんと気楽に話すルーチェと手を繋ぎ、ゆっくり金麦亭へと帰るのじゃった。

《 20 釣り竿完成 》

今日は朝から先日の湖畔で釣り竿の最終確認。

竿、糸、浮きは前回の確認時点で何も問題なかったので、釣り針を付けての試験運用に入る。ハリスもしっかり結《むす》べ、道糸との連結も綺麗にできた。

餌は岩をひっくり返して捕まえたヤゴやら貝やらと、【無限収納《インベントリ》】にあるパンを使ってみる。

魚のいそうな場所を求めて湖を散策。朝の澄《す》んだ空気の中の散歩にもなるのぅ。

適当なポイントを見つけて、餌と針を交換しながら何度となく試す。先日の川釣り以上にじゃんじゃか釣れる。

竿もよくしなり、糸が切れることもなかった。一尺くらいまでの魚なら全く問題なさそうじゃ。

そんなこんなで昼頃に市場辺りへ戻ると、漁師に囲まれた。

素潜り、銛《もり》での突き漁、柴漬け漁で小型の魚を獲るのが主流だったので、儂のやってることが気になっておったらしい。普段は素手《すで》で糸を手繰《たぐ》るか、硬い棒でやるので、折れてたそうじゃ。風で曲がる竹を使おうとは思いつかなかったらしく、しなり、折れない儂の竿に驚きを隠せとらんかった。硬い棒より柔軟性《じゅうなんせい》に優《すぐ》れた竹を選ぶのは、儂が日本の釣り竿の知識を持ってるからなんじゃろな。

釣果《ちょうか》と釣り竿を見せるとまた驚いておった。外見に傷もなくまだ生きている魚。しかも自分は濡れることもなく、竿も折れずにそこそこの量の成果が見込める。

ぜひ釣り竿を作ってほしいと言われたんで、一本だけ見本として譲っておいた。

見本さえあれば自分たちで作れるはずじゃからな。釣り針は元からあるし、なんなら儂が作ってもらった鍛冶屋と加工場に頼めばいいじゃろ。その他は冒険者ギルドで買えるものばかりで出来とるからの。篠竹は自分で採りに行くか、採取《さいしゅ》依頼を出せばきっと問題ないはずじゃ。

ギルドへと向かう漁師たちは我先にと競っておった。子供の喧嘩のようで面白かったのぅ。

その後、テッセイたちとの待ち合わせ場所で魚を揚げて昼ごはんにする。はらわたを除いて、軽く塩胡椒をしたら小麦粉をまぶして揚げる。そんな簡単な唐揚げが、柑橘類《かんきつるい》の酸味《さんみ》ととても相性《あいしょう》良く美味かった。

漁師の子供たちが何人か集まってきたので振る舞ってみたら、皆笑顔じゃった。飽き飽きしてた魚が美味しく変身したと喜んでおったよ。

食後はルーチェも一緒になっておいかけっこ、鬼ごっこ、熊漁をして過ごした。


そうこうするうちに、テッセイが対岸から舟で渡ってきた。

子供たちはびっくりしたようで、何人かは固まっておったな。ただなんとなく話に聞いていたようで、逃げ出したり手を出そうとしたりする者は一人もおらんかった。

「お待たせしました、アサオ殿。準備は整っておいでか？」

「大丈夫じゃよ。じゃあ行こうかの」

「いざリザードマンの村へごー♪」

舟に乗り込み、右手拳を高々と掲げるルーチェ。儂らを乗せた舟が浜を離れていく。

「おぉそうじゃ。お前さんたち、親御《おやご》さんに『ここにいた爺は少し向こう岸の村に行ってくる』と伝えといてくれんか？　もし心配して探されでもしたらコトじゃからな」

こくこくと無言で頷く子供たち。これで大丈夫じゃろ。

「なるべく揺れないように漕ぎますが、落ちないよう気を付けてください」

「大人しく座ってるから大丈夫じゃよ。ルーチェも暴れたりせんようにな」

ルーチェは、それまで前後左右にゆらゆら揺らしていた身体をピタッと止め、微動《びどう》だにしなくなる。

いや、暴れなきゃ動いていいんじゃよ。まぁ可愛いからこのままにしとくかの。

「時間もそうかからずに到着すると思います」

「この前も早かったからのぅ」

「あの時は操船《そうせん》技術の優れた者が舵《かじ》を取ってましたので、あれよりは遅いですが……」

そんな話をしているうちに、岸はもうすぐそこまで近付いていた。

さて、この村には何があるじゃろか。魔物はどうでもいいが、魔族は楽しいからのぅ。

儂の胸は期待に膨らむばかりじゃった。

《 21　村訪問 》

「着きました。今案内しますので少々お待ちください」

ルーチェと一緒に舟を下りると、テッセイは舟を岸に縛り付けながらそう声をかけてきた。

テッセイに連れられ、村の中心にある広場へと案内される。コボルト村の時と同じく注目を浴びることとなった。

「先日話した通り、新たな漁法をお教えくださるアサオ殿をここに招いた。皆、失礼のないよう注意してくれ」

しんと静まり返っていた広場にテッセイの声が響きわたる。

どこからともなくバシンと音がする。その数が徐々に増えていき、地響きのように大音量へとなっていく。何かと思えば、村の皆が地面を尻尾で叩いておった。

「うむ。分かってくれたようだ」

「これは賛同の意を表してくれとるんか?」

「すごいね。ズズンってお腹に響いてくるよ」

「ええ。賛成、理解には尻尾で大地を打ち鳴らし、拒否《きょひ》には声を発する。それがリザードマンです」

テッセイは満足気《まんぞくげ》に頷きながら教えてくれた。

「我らは言葉を発するようになってからまだ日が浅いのです。なので苦手《にがて》な者もおります。その苦手なことですら厭《いと》わないほどですから、断固《だんこ》拒否の意思表示となるのです」

流暢《りゅうちょう》に話すテッセイ。いやそんなすらすら話してると疑わしいんじゃがな。

「じゃあ早速、見本の竿を見せて釣りの実演といこうかの。百の言より一の行動じゃろ」

今はテッセイの言を信用してくれてるに過ぎないからの。なら自分で勝ち取ったものに書き換えるべきじゃ。

再び船着き場へと場所を移す。

皆も付いてきたので、出来上がった竿の数本をテッセイに渡し、実演開始。

「針に餌を付けて水面に垂《た》らす。これだけじゃ。あとは竿をたまに振って待つくらいじゃよ」

岩場からそっと糸を垂らし、待つことしばし。

「浮きが沈んだら合わせて引き上げる。そうするとこんな風に魚が付いとるんじゃ」

魚を釣ると、歓声と共に尻尾で地面を叩く音が響く。

「アサオ殿、この竿とやらは我らでも作れるのか？」

年若く見える……気がするリザードマンたちが先陣を切って質問をする。

「冒険者ギルドで手に入るものばかりを使っておるからの。なんだったら森で採取すれば完全自作もできるじゃろ」

「この木は森の奥で見たな！」

「羽根は鳥から取れるぞ！」

「この先に付いてる物は骨を削ってるようだ。糸も我らが普段使っている蜘蛛糸とさして変わらんぞ」

見たことのある、想像できる材料を口々に発する。

「これはあくまで見本じゃからな。自分たちの使いやすい形、素材に変えて何度も試すのが成功のカギじゃよ」

「おぉ、銛のように弄《いじ》ればいいんだな。自分に馴染《なじ》むよう、やりやすいように」

「そうじゃそうじゃ。あまり大きいのは子供には扱いにくいじゃろ？　その辺りも調整してやるといいんじゃないかの」

とりあえず今声を出してるリザードマンたちはものすごく流暢に話しとるのぅ。会話だけならイレカンの漁師と変わらんぞ。中には頷くだけの者もおるから、個人差なんじゃろうがな。

その後、男性に交ざり、女性や子供も見本の竿で釣りをしていた。何度かばらして魚に逃げられたり、合わせに失敗したりしておったが、概《おおむ》ね大丈夫のようじゃ。

男衆の何人かは早速材料の調達に向かっていたしの。

「アサオ殿、ありがとうございます。これで我らの食料も潤沢《じゅんたく》になりそうです」

「いやまだ分からんぞ。釣り竿を教えただけなんじゃから」

「今までは男が魚を獲るしかなかったのです。それが森にも行ける。子供や力の弱い年寄りでも漁ができる。この選択肢が増えただけでも劇的《げきてき》変化です」

熱く、それでいて静かに語るテッセイ。

「この村は良く言えば現状維持、悪く言えば停滞《ていたい》していました。そこに風を吹き込んだアサオ殿にはいくら感謝してもし足りない」

「おおげさじゃよ」

語りながら頭を下げるテッセイを手で制すが、止まらん。

「この感謝を形にするには……宴《うたげ》を開くしかありませんね。村を挙げての宴を！　誰かあるか！」

「どうしました？」

「アサオ殿の為に宴を開こうと思う。すぐ準備できるか？」

「おぉ良いですな。何人か連れて早速準備します」

テッセイの指示を受けた若いリザードマンが、他の若い衆を連れて準備へとかけだす。

「宴の用意が整うまで、アサオ殿には村長のところで待っていて頂けますかな？　おぉ、村長への紹介がまだでしたな。お連れせねば」

案内された木造りの家には、リザードマンの老夫婦がいた。年長者を敬《うやま》い、力ある者を尊ぶ。そんな風習があるらしく、豪奢《ごうしゃ》ではないが良い暮らしぶりだった。

先程村で起きたことを熱く語るテッセイを、にこやかに見守る老夫婦。

変わることへの不安などはなさそうじゃ。それもそうか。ヒトである儂を招くのを認めたのも、この二人をはじめとした年長者のはずじゃからな。

語り終えたテッセイは宴の準備に向かい、村長の家に残ったのは四人。

宴までの間、老夫婦とのんびり一服する儂らじゃった。

《 22 宴 》

宴は予想を遥かに超える規模じゃった。なにかの祭りなんじゃなかろうかと思うほど。テッセイ、やりすぎじゃよ……。

釣り竿の材料採りがてら森で食材になる魔物を狩ってきたようで、何かの丸焼きなどが並んでいた。魚も串に刺して焼いたもの、生のままのものが並べられている。鑑定しても「生食可」と出てたから問題なさそうじゃ。念の為の《駆除《リドベスト》》も考えてたんじゃが、これならかけなくてもいいじゃろ。失礼になるかもしれんからな。

村秘蔵《ひぞう》の酒も持ち出す大盤《おおばん》振《ぶ》る舞いに驚きじゃ。祭りや今回のような村を挙げての宴の時だけ持ち出される特別な代物らしい。フォスやスールで見かけた、ワインぽいものとビールっぽいものとは違ったが、木の実や果実を自然発酵させたコレでも十分驚きじゃ。酒類の製造ができるということはリザードマンが人族並みの文化、技術を持ち合わせているということじゃからな。

口に含むと、アルコール度数は低いが、その分良い風味が広がってくるのぅ。ただ、状態異常抵抗があるせいで酔《よ》わないのが残念じゃ。

魔族とはいえ五歳児のルーチェに飲ますのはどうかと思ったんじゃが、あの子も抵抗をそこそこ持ってたから一杯だけ許してみた。まぁ酒より食べ物のほうが良かったらしく、今は何かの丸焼きをテリヤキタレで食べとる。

周りのリザードマンには、味付けに使っとる調味料が新鮮なんじゃろな。ルーチェと一緒になってもりもり食べて飲んでと、大いに楽しそうじゃ。

「じいじ、たのしーねー」

「そうじゃな。皆と一緒で楽しい宴じゃ」

「まだまだいっぱい食べられるねー」

まだ食う気なのか！　満面の笑みを浮かべ、ルーチェはまた料理を取りにリザードマンのもとへと向かった。

「アサオ殿。あのショーユーなるものは何です！　魚がものすごく美味しくなりましたぞ！」

「木の実じゃよ。それを搾れば醤油になるぞ。すり潰せば味噌じゃ」

【無限収納《インベントリ》】から実物を取り出し、テッセイに手渡す。

「イレカンの周辺にもあったからのぅ、森にも生《な》ってるんじゃないかの？」

「これは……誰か見たことある者はおらぬか！」

テッセイはへべれけになった若い衆などに声をかけ続ける。

「森の奥にありましたよー」

「それも集めましょうねー」

笑いながら何人かが答え、また笑う。

「この宴の礼じゃ。甘いモノをいくつか振る舞うかの」

【無限収納《インベントリ》】からホットケーキ、かりんとう、ドーナツなどを次々取り出し並べていく。

ついでに飲み物も出していくと、酒の苦手な女性や子供が次々集まってきた。種族関係なく甘いモノは虜《とりこ》を量産するようじゃ。

「これ美味しいわー。甘いものなんて蜂蜜か蜜蝋《みつろう》くらいしかないもの」

「これの作り方も教えてくれないかしら」

「でも材料がないでしょ。あ、街で買えばいいじゃない」

リザードマンでも女性が三人寄ればかしましいのは変わらんのじゃな。レシピもテッセ
イに渡しておくかの。


そのまま夜中まで宴は続いた。

いくつもあった丸焼きは骨だけになり、焼いた魚も姿を消した。

酔い潰れた者はそこらで倒れ、寝息を立てている。

腹いっぱいで動けなくなって雑魚寝《ざこね》した者もいるが、子供や女性はほぼ家に帰って

いる。

　今起きているのはほんの数人だけじゃった。

「アサオ殿。釣り竿だけでなくこんなものまで申し訳ない」

　レシピを手にしたテッセイは頭を下げる。かなり飲んでいたようなんじゃが、潰れなかったのはさすがじゃな。

「そこは『申し訳ない』でなく『ありがとう』と言っとけばいいんじゃよ」

「だねー。美味しいモノは皆で食べなくちゃ」

「アサオ殿の為の宴だったのに、また頂き物をするとは……何か礼をしなければ村の名がすたる」

「気にせんで平気じゃよ？　見返りを求めてやったわけじゃないからの。なんとなくその場の雰囲気《ふんいき》でやっただけなんじゃから」

　それでも、何かを思案するテッセイ。これは何かを受け取らんと納得せん雰囲気じゃな。

「この辺りに足の速い丈夫な馬はおらんか？　移動するのにそろそろ馬か馬車でも揃えようかと思っての。その情報があるならそれが欲しいんじゃが」

「馬ですか……馬ではありませんが、足の速い魔物ならいますな。ただ気性《きしょう》が荒く、これと認めた者以外は乗せもしない偏屈者《へんくつもの》ですが……」

思いついたらしく、テッセイは言葉を選びながら話し出す。

「ほほぅ、面白そうじゃな。そいつはどこにおるんじゃ？」

「森の奥、岩山辺りに棲《す》んでおります。ただ主と認められるかの保証はできかねます」

「あぁいいんじゃよ。無理なら無理で諦めるだけじゃ。ただ一度見てからでないと面白くないじゃろ？」

「分かりました。では朝日が昇《のぼ》ってから出かけましょう」

「そうじゃな。案内は頼んだ。それまでひと眠りしとくかの」

【無限収納《インベントリ》】からベッド一式を取り出し、ルーチェと二人横になる。

どんな場所でも変わらず質の良い睡眠《すいみん》を求める儂らじゃった。

《 23 宴が終われば 》

「アサオ殿、おはようございます。爽やかな良い天気です」

寝てからほんの数時間しか経っていない明け方。テッセイは元気の良い朝の挨拶と共に姿を見せた。

昨夜の宴の残骸《ざんがい》がそこかしこに残っておる。死屍累々《ししるいるい》とまではいかないまでも、見える範囲内にもそれなりの数のリザードマンが横たわっていた。

「おはようさん。周りを見ると爽やかではないのぅ」

「……お酒ください」

苦笑いを浮かべる儂と、明らかに不満げなルーチェ。

「昨夜お伝えした騎獣《きじゅう》のところへ向かいましょう」

「日が昇ったらと言ってたが、早すぎじゃろ。まだ身支度も朝ごはんも済ませとらんぞ」

「朝ごはん食べてからにしようよ。テッセイは食べたの？」

「いえ、食べておりません」

「なら少し待っとれ。すぐ準備するからの」

ベッドから下り、身支度をするために水辺へと向かう。《清浄《クリーン》》でちゃちゃっと終わらせることができるといっても、顔を洗い、歯磨きをしたくなるのは日本人の性《さが》かのう。

「ねぇじいじ、朝ごはんは何にするの？　玉子焼きに焼き魚、味噌汁とごはんがいいんだけど」

「ならそれでいくかの。ごはん以外は今から作ってもすぐじゃから【無限収納《インベントリ》】のを出さなくてもええな」

身支度を整え、テッセイの元へと戻り、早速朝ごはんの支度にとりかかる。

鍋とフライパン、ナイフにまな板も取り出し、調理開始。

串を尾まで通した魚のひれに塩をふり、火に立てる。

水を沸かした鍋に長ネギや薬物を刻んで入れる。炙った魚の骨も入れてあるので、ダシが出てるはずじゃ。ひと煮立ちしたら味噌を溶き入れて火から下ろす。ぐらぐら煮たんじゃ風味が損《そこ》なわれるからのぅ。

次は、溶き卵に砂糖と塩で下味を付け、ほんの少しだけ胡椒も足す。風味付けに醤油もちょっぴり追加じゃ。あつあつに熱したフライパンにこの卵液を流し入れ、焼いて巻く。これを何度か繰り返し、ダシ巻き風に仕上げる。

浅漬けも皿に盛り、朝ごはんの完成じゃ。

「いただきます」

「いっただきまーす」

手を合わせてごはんに挨拶。

テッセイの分も用意してある。朝はしっかり食べないと力が出んからのぅ。

「この味噌汁というものは良いですね。宿酔《ふつかよ》いの身体にもスッと入っていきます」

「そうじゃろそうじゃろ。宿酔いには貝の味噌汁のほうがいいんじゃがな。テッセイたちは貝を獲らんのか？」

「美味しいとは思うのですが、食べるところが少ないのでほぼ獲りませんね」

味噌汁を飲みながら目を細めるテッセイ。本当に沁《し》みてるようじゃな。

「欲しいと言えば獲ってくれるかの？」

「構いませんよ。アサオ殿の頼みごとなら皆、喜んで引き受けます」

「ならお願いしようかの。イレカンでも貝は見なかったからのぅ。あれがあればまた料理の幅《はば》が広がる」

「分かりました。後ほど皆に頼むとしましょう」

そんな雑談を交わしながら朝ごはんは進んでいく。料理の幅が広がると耳にしたルーチェの顔は、一段と良い笑顔になっとった。

味噌汁の匂いに釣られたようで、寝ていたリザードマンたちが次々目を覚ます。テッセイに頼まれ、皆に振る舞う分の味噌汁を追加でこしらえた。かなり好評で、おかわりを頼む者も少なくなかった。

宿酔いには味噌汁を一杯。

これからリザードマンの村で大流行する第一歩かもしれんな。

味噌汁を食べ終えたリザードマンに貝獲りを頼むと、快く引き受けてくれた。小さいのから大きいのまで適当にお任せで頼んだ。種類があればいろいろ試せるはずじゃからな。

食器などを片付けたら、今日のメインイベントの騎獣探しに出発じゃ。

「では参りましょうか。森の奥にある岩山ですから、そんなに掛からず着くと思います」

「急ぐことも焦ることもないからの。のんびり景色を楽しみながら行けばいいじゃろ」

「どんなのだろうね。楽しみだなぁ」

これから出会うであろう騎獣に想像を巡《めぐ》らす儂とルーチェじゃった。

《24　うま？》

朝に村を出発してから小一時間、森を歩いている。

テッセイは、魔物の少ない道を選んでくれとるようじゃが、それでも現れるので退治して進んでいた。

「アサオ殿もルーチェ殿もお強いですね」

「自分の身は自分で守っとるからの。これくらいは普通じゃよ」

「だねぇ。自分が食べる分を旅の間に狩るの普通だし」

倒すのに苦労する魔物がいなかったのは救いじゃな。数だけは沢山いるウルフに、小賢《こざか》しいサルが主だった。解体もせず、そのまま【無限収納《インベントリ》】に収納して先を急ぐが、村への手土産には丁度良いじゃろ。

木々の間から岩山が見え始める頃には、灰色熊と赤角鹿も【無限収納《インベントリ》】に収納されていた。

「ここを抜ければ一気に開けて――到着です」

現れたのは大きな岩山……いや垂直《すいちょく》に切り立った崖《がけ》じゃな。高さもあるので、その存在感に圧倒される。

その岩山までの道のりは、整地《せいち》されたように平《たい》らで広々としていた。

「岩山にある洞穴《ほらあな》に棲んでいるのがソニードタートルです」

「タートル？　亀か」

「かめ？　あぁそれなら速いのも納得だね」

「そうなのか？　亀なら足が遅いもんじゃろ？」

「あれほど足の速い生き物はいませんよ？　アサオ殿はどんな亀を見たのですか？」

地球《あっち》とはかなり違うんじゃな。

足の速い亀なんぞおらんかった……いや、火を吹いて空を飛ぶのがいたのぅ。ただあれも足は速くなかったはずじゃから……やっぱりおらんな。

「会話をこなせるだけの知力もありますから、まずは行ってみましょう。きっとやることは変わらないはずですし」

「やることってなんじゃ？　まぁ、確かに会ってみんことには始まらん」

洞穴の中には直径5メートルはあろうかという大きな岩があった。ダンプカーくらいあるじゃろ、これ。

「ソニード、お客人を連れてきた。そなたを騎獣にしたいそうだ」

「我を騎獣に？　なら勝負といこうか！」

声が響き、岩が動き出す。これが亀じゃったか。その図体《ずうたい》とは違い、くりっと可愛らしい目で見下《みお》ろしてくる。

「爺さんと子供だな。お主たちが我を騎獣にしたいのか？」

「そうじゃな。儂らを認めたら騎獣になるんじゃろ？」

「そうだ。我と二つ勝負をしてもらう。そのどちらかでも満足させてもらえれば、お主たちの騎獣になろう」

「ならさっさとやっちゃおう」

にこにこ顔のルーチェ。ここに来るまでに戦えたので機嫌が良いみたいじゃ。

皆揃って表に出る。

「我の速さに耐え、しがみついていられるだけの力か、我以上の速さ。その二つで勝負だ」

「魔法は使ってもいいのか？」

「それも込みで力だろう？　ただし、我を攻撃してくれるなよ？　その上で全力をかけた勝負をしようではないか」

強化系はいいんじゃな。弱化系は攻撃と取られたら面倒じゃから、やめとくのが無難《ぶなん》なようじゃ。

「ルーチェはどっちをやってみたいんじゃ？」

「しがみついてみたい。私よりじいじが速いし、そのほうがいいと思うんだよね」

「ならそれでいくかのぅ」

「決まったか。それでは我の背に乗るがいい。では行くぞ！」

言うなり亀は走り出す。この辺りが妙に整地されておったのはこれのせいじゃな。

縦横無尽《じゅうおうむじん》に走り回る亀。ただその背中に乗っているルーチェはものすごい笑顔だった。

「たーのしー」

「まだ余裕があるのか！　それならこれでどうだ！」

高速ドリフトも決め出す。それでもルーチェの笑顔は崩《くず》れな……いや更に輝きを増していた。

あれは新しいおもちゃを見つけた感じじゃな。

見た限りだと魔法を使わないでも十分そうじゃ。

「ソニード、もう十分でしょう？　いつまで経っても終わりませんよ」

「……そのようだ。振り落とされることなく、笑顔のままとは恐れ入った」

「もう終わり？」

テッセイと亀の言葉を聞き、残念そうにしょんぼりするルーチェ。

「次は儂の番じゃ」

「もうひと勝負してくれるのか？　それなら速さ勝負といこう。洞穴からスタートして正面《しょうめん》の森まで行って戻ってくる。それだけだ」

「騎獣になってもらうんじゃ、儂の力も知りたいじゃろ？　勝負したほうがお互い納得できるしのぅ。開始の合図は……テッセイにお願いしようかの」

テッセイを見やると、頷いて手を上げる。

「では始めます……両者出発！」

声と共に手を振り下ろすテッセイ。爆発的な速さで駆け出す亀。だがそれより前にいたのは儂じゃった。

「何っ⁉　既に我より前にいるだと‼」

一切魔法を使わず、純粋《じゅんすい》なステータス勝負ですら圧倒的じゃった。そのまま差を広げながら、森の端にある大木に触《ふ》れて振り返る。

「《加速《クイック》》」

完膚《かんぷ》なきまでに叩きのめす為、魔法を使い、本気を出す。再度の高速ドリフトでなんとか挽回しようとする亀の横を、涼《すず》しい顔で過ぎ去る。

「なんて速さだ！　彼奴《きゃつ》は化物か！」

それでも最後まで勝負を続ける矜持《きょうじ》を亀は持っていた。だが結果は完全にぶっちぎりで儂の勝ち。

「我は慢心《まんしん》していたようだ。世界は広いな。是非《ぜひ》とも、旅に連れていってくれ」

洞穴に戻ってきた亀は開口一番《かいこういちばん》負けを認め、感嘆する。

「ソニードをこうも簡単に打ち負かすとは……アサオ殿はもう何でもありですね」

いる。

我がことのように胸を張るルーチェ。むふーと鼻を鳴らし、若干のドヤ顔までして
「我に名前を付けてもらえないか？　そなたたちの配下である証《あかし》にもなろう」

「ソニードじゃダメなのか？」

「それは我らの種族の名だからな。我固有の名が欲しいのだ」

ソニードで良いと思うんじゃがな。どうするかの。

「リクガメ……岩……ロッツァでどうじゃ？」

「ありがたい。これから我はロッツァだ」

喜んでいるらしく目を細めるロッツァ。

「この大きさだと連れ歩くのは大変じゃな。小さくなったりはできんのか？」

「無茶言わんでくれ。大きさを変えられるとしたらそれは精霊や神獣などだ」

「ふむ。ならどうするかのぅ。このまま村まで歩いたら森を壊してしまうじゃろ？」

岩山周辺の整地具合を見る限り、森林破壊は免《まぬが》れないだろう。

「じいじの生活魔法に大きさ変えるのなかった？」

「あるにはあるが、あれは生き物に使うものじゃないからのぅ」

ロッツァで実験するわけにもいかんじゃろ。やるなら先にちゃんと実験してからじゃ。

儂の考えを見越したのか、テッセイが助け船を出してくる。

「村から森の奥までの道は元々必要でしたから、切り開いても問題ないと思いますよ」

「なら整地がてら村まで行けばいいかの。倒した樹木も村で使ってもらえば無駄にならんじゃろ」

「じゃあ帰ろー」

三人と一匹で来た道を戻る。

テッセイに案内され、ロッツァが木々をなぎ倒し、儂がそれを【無限収納《インベントリ》】に回収。切り株……というか折れ株が残るのは仕方ないじゃろ。

村に着く頃にはものすごい数の木が【無限収納《インベントリ》】に入っておった。一緒に帰ってきたテッセイも驚くほどで、かなり長い年月をかけても村では使いきれないらしく、半分以上を儂がもらうことになった。ソニードタートルが村に現れたことでひと騒ぎも起こったが、村人はそれ以上に森への道が出来たことを喜んでいた。

そのまま皆で昼をとる。

午後は釣り竿作りなどが待ってるはずじゃ。儂らが森へ行ってる間に材料はかなり集まったようで、期待の眼差しを皆から向けられとるからのぅ。

《 25　竿作り指導と街への帰還《きかん》 》

ロッツァと一緒に村に戻って最初にすることは、リザードマンへの釣り竿作り指導。自分らで集めた素材を使って、作り方をイチから教えていく。

まずはおおまかな工程を見せてから、細かい指導へと流れる。

儂の周りは老《お》いも若きも男も女も関係なく、人だかりになっていた。皆、真剣な表情で竿作りに注視《ちゅうし》する。

自分で使う銛は自分で賄《まかな》う文化なので、多少の差はあれど皆一様に器用らしい。それで新たな漁具に興味津々なんじゃな。

魔法を使える者が少ないようで、篠竹の矯正だけは数人のリザードマンに頼ることになりそうじゃ。最初に数を揃える時はきついじゃろうから、今回は全部儂がやるがの。

今後はその数人でも十分賄えるじゃろ。


指導は順調に進み、夕方までに針が付いていない釣り竿が皆の手に行き渡った。

今は皆で骨、堅木《かたぎ》から針を削り出して作っている。

「これでひと通り出来たのぅ」

「アサオ殿、ありがとうございました。新たな漁具に加え、森の奥までの道も出来ました。

感謝に堪《た》えません」

「いいんじゃよ。儂が好きでやったことなんじゃから。ロッツァを旅の仲間に加えられたのはテッセイが紹介してくれたおかげじゃ。こっちが礼を言いたいくらいじゃよ」

目を細める儂の視線の先には、うたた寝しているロッツァと熊漁真っ最中のルーチェがいた。

大きい身体のロッツァが動き回ると村を壊しかねないので、じっと日向《ひなた》ぼっこ。

竿作りに全く興味がないルーチェはじめ、そのロッツァの上で昼寝をしていた。

ただ昼寝から起きても竿作りの指導が続いていたので、暇なルーチェは熊漁で魚を飛ばしまくっていた。そこへ飽きてきた子供のリザードマンが加わって、一緒になってばしゃばしゃと水しぶきをあげて真似をする。

それが嬉しいらしく、あーだこーだとルーチェは熊漁を指導していた。

「あれも新しい漁ですね」

苦笑いを浮かべつつテッセイは言葉を続ける。

「これからは街に行って買うモノが増えそうです。今まで以上に人族との交流が増えることがどう影響してくるか……皆が皆、アサオ殿のような方ではないでしょうからね」

「それはリザードマンだろうが、人族だろうが、他所の魔族だろうが一緒じゃよ。良い奴も悪い奴もおる。上手《うま》い付き合い方は時間をかけての試行錯誤《しこうさくご》でしか見つからんじゃろ」

中も外もまるっと善人なんてどこの世界にもそうそうおらん。悪人は常にそこそこおるがの……

「さて、儂らは街に戻るとするかの。ルーチェや、そろそろ帰るぞ」

「はーい」

熊漁指導も一区切り付いたようじゃ。

のそのそと亀らしいゆったりした動きでロッツァも近付いてくる。

「時にロッツァは泳げるのかの？」

「得意じゃないが泳げるぞ。走るだけが亀じゃないからな」

「いやリクガメにしか見えんからな。泳げるとは思えんかった」

「魔法で全体が沈まないようにして、水面のすぐ下を歩く感じになる」

「……それは泳ぐと言っていいのかの？」

「ソニードタートルはそれを泳ぐと言う」

……まぁいいじゃろ。本人がそう言っとるんじゃから。

「じゃあ街までお願いしようかの」

「心得た。背に乗ってもらえればすぐ出られるぞ」

「テッセイよ、それじゃあまたの。そのうちふらっと来るかもしれんから、その時まで元気でな」

「ええ。アサオ殿もお元気で。此度《このたび》の来訪ありがとうございました」

「ルーチェ、ロッツァ、街へ帰ろう」

「はーい」

ルーチェと一緒にロッツァの背に飛び乗る。

それを合図にロッツァは反転し、村に背を向けて歩き出した。リザードマンたちは皆で手を振り、見送ってくれる。良い関係が結べたようじゃ。

滑《すべ》るように湖に入ると、甲羅《こうら》が半分以上浮いた状態で進んでいく。儂と速さ勝負をした時の速さはなく、ゆったりと舟が進むくらいの速さで。


「あ、忘れとった」

「なにを？」

「ロッツァをこのまま街に入れて大丈夫なんじゃろか？」

「あー、騒ぎになりそうだね。ってか、なってるね」

岸に近づくにつれ人だかりがはっきりと見えてくる。巨大な亀が湖から上陸しようとするんじゃから、騒ぎになるのも当然じゃな。

「イルミナのところにでもひとっ走りしてもらったほうが良さそうじゃな」

「だね。じいじはロッツァと一緒に少し待ってて。サチアかイルミナを連れてくるよ」

甲羅から浜辺へと飛び降り、一目散《いちもくさん》に駆け出すルーチェ。人波をかき分けるのではなく、飛び越えていく。

しばらくするとイルミナとサチアを連れて戻ってきた。

「またすごい登場ですね」

「アサオさん、それはなに？」

「リザードマンの村でちょっとあっての。これは儂らの騎獣になってくれたロッツァじゃ」

ロッツァを指差しながら聞いてきたサチアに、同じくロッツァを指差しながら答える。

「それだの、これだの、扱いがひどくないか？　アサオ殿」

「うわっ！　話せるの？」

思わぬところから声がして、サチアは驚いたようじゃ。

「話すくらい造作《ぞうさ》もない。我は長く生きているからな」

「とりあえず、街へ入るなら騎獣登録しないとダメですね。それだけ大きいと騎獣用の厩《きゅう》舎《しゃ》にも入りませんから、舟と同じようにここで待つか、街の入り口で待つかのどちらかですね」

「むぅ。仕方あるまい。我はここで待つとしよう」

「ではアサオさんは私と一緒に登録へ行きましょう。すぐに終わりますから」

イルミナに連れられ、ロッツァの登録を済ませる。登録と騎獣証明の魔道具で合わせて金貨一枚。

これで決まりとしては街中を連れ歩いても一応問題はない。ただロッツァの大きさを考えると、おそらくダメじゃろな。

なんとか大きさを変える方法を探さないといかんな。仲間外れみたいで良い気分じゃないからの。神殿かイスリールあたりを頼るかのぅ。

《 26 ロッツァあれこれ 》

「ロッツァよ、登録は無事に終わったぞ。ただそれだけ大きいと、街中を連れて歩くことができんのじゃ」

「でも一人だけ街の外に残すの可愛そうじゃない？」

「仕方ない。我もまさか騎獣になるとは思わなかったからな。少し寂しいが我慢するしかなかろう」

街中から戻って状況を話してきかせると、ロッツァは寂しそうな表情を見せる。亀にも表情はあるんじゃな。

「儂の魔法で失敗したら大変じゃからな。イスリールにでも頼んでみるかの」

「それがいいかもね。私はここでロッツァと一緒に待ってるから、じいじ、お願い」

ルーチェが騎獣登録の魔道具を付けながらそう告げてくる。

「なら行ってくるかの」

儂は一人、神殿に歩いていく。神殿内に入ると、神官長のサルシートが出迎えてくれた。

「ようこそおいでくださいました。何かお困り事が出来ましたか？」

「騎獣を得たんじゃが、大きくて街に入れんのじゃよ。それで何か方法がないかと思っての」

「そうでしたか。確か生き物の大きさを変えられる魔道具があったかと思います。探してきますので少々お待ちください」

言うなりサルシートは奥へと姿を消してしまう。

「イスリールに頼もうと思ったんじゃがな……戻るのを待つ間に、イスリールにも挨拶していくかの」

いつものように正面の石像に祈りを捧《ささ》げると、周囲の音が消え、景色は白く霞《かす》んでいく。

「こんにちは、セイタロウさん。今日はどうされましたか？」

爽やかな笑みを浮かべた青年神様イスリールが姿を現した。

「ロッツァのことで相談じゃ」

「騎獣のことですね」

「あの大きさだと街に入れんでな。このままだとダンジョンや洞窟などの観光にも連れていけん。可哀《かわい》そうじゃからなんとかしてやりたいんじゃよ」

「そうでしたか。セイタロウさんは優しいですね」

「旅の仲間になってくれたんじゃから当たり前じゃろ？　仲間は家族みたいなもんじゃからな」

ロッツァはそこらにいる有象無象《うぞうむぞう》とは違うからの。生き物全てに優しくするような博愛《はくあい》精神は持ち合わせとらんが、家族になったんじゃから当然じゃ。

「どこかの神殿に生き物の大きさを変えられるものがありましたよ」

「たぶんそれを今サルシートが探してくれとるはずじゃ。その間にここへ来とるんじゃよ」

「あぁそうでしたか。それはそれとして、こちらからお礼を。いろいろ広めてもらってありがとうございます」

何度見ても、神様が頭を垂れる姿は不思議じゃな。

「自分の欲しいモノを作ってるだけじゃ。もし危険なモノやマズそうなモノがあったら言ってくれ。自分たちで使ったり食べたりするだけにしとくからの」

「この世界もいろいろ発展し始めて嬉しい限りです。今のところ危険なモノはありませんから大丈夫ですよ。それにどんなモノだって使い方次第なのは変わりませんから」

まぁそうじゃな。調理器具だってヒトを殺せるし、組み合わせ次第じゃ危険な食材もあるからのぅ。

「今回の魔道具はそのお礼だと思ってください」

「貴重な品じゃないのかの？」

「何個かありますからね。そんなに貴重な品でもないと思いますよ。それに、元になる魔法と、付与《ふよ》魔法が使えれば、作り出すことも可能ですから」

「なら使わせてもらおうかの。そういえば儂にも付与魔法は使えるんか？」

「できるはずですよ？　知識も魔力も十分にありますから、あとは経験です。触媒《しょくばい》となるモノに《付与《アディション》》と唱《とな》えてから、付けたい魔法を唱えればできます」

「ほう。簡単なんじゃな」

「ただ明確なイメージがないと正しく付与されません。なので何度も経験して加減を覚えてください」

その辺りは他の魔法と同じようじゃな。

「ふむ……戻ったら何度か試してみるかのぅ。便利なモノが作れるかもしれんしな」

「そうですね。いろいろ試してみてください。あちらから来たセイタロウさんなら、こちらでは思いつかない面白いモノが作れるかもしれませんよ」

「また来るからの。その時は一緒に一服でもどうじゃ？」

「いいですね。楽しみにしておきます」

周囲の音と景色が戻る。

目の前には既にサルシートが待っていた。

「待たせたようですまんの。イスリールに挨拶してたんじゃ」

「いいえ、私も今戻ってきたところです。こちらがお求めの魔道具になります」

差し出されたのは三個の指輪だった。

「三個もらって大丈夫なのか？」

「ただ埃《ほこり》をかぶっているより、必要とする方が使ったほうがいいでしょう。それに他ならぬアサオ様なら、おかしな使い方はされないと思いますので」

笑顔で信頼の言葉を言われたら、裏切るわけにはいかんのぅ。

「ならありがたく頂いていくのじゃ。ところで、これに付与されとるのは何の魔法なんじゃ？」

「生活魔法の《縮小《シュリンク》》です。本来生き物には使えない魔法ですが、この指輪を装備したモノを小さくする付与がされています」

「直接はダメでも間接的にならいけるんじゃな。面白いのぅ」

「なので逆の《拡大《グロウス》》が付与されている魔道具もあります」

どっちの魔法も本来は生き物にはダメなんじゃな。ロッツァに使わなくて良かったわい。

《付与《アディション》》をいろいろ試す為に、素材を買わないといかんのぅ。装飾品《そうしょく》などをまとまった数買ってそのうち実験じゃな。

「それじゃあ、またの。騎獣と孫が待っとるでな」

「はい。また何かありましたらお立ち寄りください」

サルシートに挨拶をして、神殿をあとにする。

そのままロッツァの元へ戻り、指輪を甲羅にはめ込む。指に装備なんてできんからの。甲羅の溝《みぞ》にぴったりはまったので、これで大丈夫じゃろ。

指輪に魔力を通すと、ロッツァは2メートルほどの大きさに縮《ちぢ》む。

「小さくなるのは不思議な感覚だ。ただこれでアサオ殿たちと共に歩けるのだな」

ロッツァは嬉しそうに目を細める。

「この大きさなら大丈夫じゃろ。馬より少し幅があるくらいじゃからな」

「部屋には無理でも厩舎には入れるね。そしたら寝る時以外は一緒にいられるでしょ」

「むぅ。まだ大きいのか。ただこれ以上は小さくならないようなのだが……」

「部屋まで一緒となると、この半分くらいにまでならないとダメじゃな」

「なら仕方ない。我慢するとしよう。それでも街中まで一緒なのだ、かなりの進歩だろう」

ロッツァも納得したようじゃな。今度からは宿をとるのでなく大きめの一軒家《いっけんや》を借りるとするか……そうすれば調理場に困ることもないしのぅ。

新たな仲間の為にあれこれ考えを巡らせながら、一緒に宿へ帰るのじゃった。

《 27 お料理あれこれ 》

ロッツァの件も一段落した翌日。

イルミナに呼ばれて商業ギルドに顔を出した。

どうやら、先日サチアとフォアと一緒に開催した料理教室が、話題になっているらしい。料理ひとつまともに作れなかったサチアがかりんとうを持参したのが、かなりの驚きだったようじゃ。

サチアでさえ『喫茶アサオのかりんとう』が作れるなら自分だって作れるはず。と、ひどい言われような意見が職員から聞こえ始めたところに、たまたまギルドに来ていた女性たちも参加したいと声をあげた。そんな状況だったので、儂に再度、料理教室の開催をお願いできないかと打診《だしん》したんじゃと。

ギルドに恩を売るのも悪くないし、秘密のレシピでもないからいいんじゃがな。

今時点で参加希望が十名ほど。とりあえず請《う》ける方向で話を進めてみたら喜んでいた。

これ以上の人数に教えるのは難しいと言ったら、すぐにこの話題へのかん口令を出しとった。

場所はギルドが提供、材料費分だけ参加料として儂がもらうことで話もついた。指導料というか報酬《ほうしゅう》代わりに、調理場を午後も使えるようにしてもらった。これでまた料理補充できるのぅ。

教える料理も儂に一任されたので、『喫茶アサオ』のメニューでいいじゃろ。あとパスタを何品か追加するかな。トマトソースを作って、いくつかそれを使ったアレンジ料理も教えれば、受けがいいかもしれん。

開催日もこちらに合わせてくれるとのことじゃから、明日にしてもらった。都合が合わない人は諦めてもらうしかないのぅ。

とりあえず今日はいろいろ仕入れる日になりそうじゃ。

ギルドをあとにし、ルーチェ、ロッツァと共に街中をぶらぶらする。

「ロッツァは何か好きな食べ物はあるの？」

「肉と魚が好きだ。もちろん草や木も食べるがな」

「ようするに雑食なんじゃな。儂らと同じ味付けでも平気なんじゃろか？」

「味付け？　それが何か分からんが美味いものが好きだ」

ふむ。味付けする……というより、料理する文化がなさそうじゃな。亀の身体じゃ仕方ないことじゃろが。

「なら浜辺でいろいろ試してみるかの」

「おぉ、なんかいっぱい食べられそう。じいじ、いっぱい作っても大丈夫だからね」

肉、魚、野菜、パスタ、牛乳、卵と多岐《たき》にわたって、明日の食材を仕入れ、ロッツァの食事の検証《けんしょう》分も購入していく。

そのまま浜辺へと移動し、手頃な岩で簡単な竈を組み上げる。魔道具コンロやフライパンも取り出し、早速調理開始。

「肉や魚はとりあえず火を入れて、塩、醤油で味付けしたモノを食べてもらおうかの」

「基本だね。それが美味しく感じるならどれでもいけるはず」

「分かった。アサオ殿、それを頼む。ダメなものはダメと言って構わないのか？」

「むしろそのほうがありがたいのぅ。ダメなものを無理して食べたって楽しくないからの」

「食事は楽しく、美味しくが一番だよね」

ルーチェの言葉が核心《かくしん》をついとる。マナーも大事じゃが、そんなものは王侯貴族たちに任せとけばいいんじゃよ。儂らは楽しく、美味しく残さず頂くのが大事だと思うんじゃ。

魚を炭火で塩焼きに。肉も焼いて少しだけ塩を振る。それらを味噌汁、ごはんと一緒にロッツァの前へ。

恐る恐る口にする、なんてことはなく、ロッツァはばくばくガツガツ食べ進む。

「どれも美味い。初めて食べるがどれも美味い」

「大丈夫そうじゃな」

「じいじの味付けは素材を活《い》かす薄味だからね。美味しいよ」

その後もいろいろ試し、甘味にまで辿り着くと、ロッツァが初めて顔を顰《しか》めた。

「これも美味いが、たまに食べるくらいでいいかもしれん」

「ほう、甘いモノは苦手なんじゃな」

「このお茶というのは好きだ。この苦《にが》みと香りがいい」

「いいよねぇ。その苦みにかりんとうの甘さが合うから私は好きなんだよね」

お茶とかりんとうを語る五歳児……不思議じゃ。

「いつもより量を食べていないのに、味付けというものがあると満足するのだな」

「量も食べたいなら自分で獲るほうがいいじゃろ。ロッツァなら自分で狩れるじゃろ？」

「そうだな。そこらの魔物に負ける我ではない」

「なら次の街に行く時は、狩りも積極的《せっきょくてき》にやってみるかの」

「やったー！　私も自分の食べる分を狩るね。じいじの分も私が狩るね」

ぽそっと提案しただけなんじゃが……ただ走るのも面白みに欠けるし、まぁいいじゃろ。

なるようにしかならんでな。

《 28　ふたたびの料理教室 》

さて、頼まれたアサオ料理教室第二弾の開催日となったわけじゃ。

金麦亭で朝ごはんと身支度を済ませてから、ルーチェと二人で商業ギルドへと向かう。

ロッツァは料理教室に参加できんからの。ギルドへ向かう前に湖畔へ置いてきた。厩舎のような狭っ苦しいところじゃ可哀そうじゃからな。甲羅干しをするでもいいし、狩りをするでも構わない。そこはもう自由じゃ。

ただ、漁師や子供たちの迷惑になるようなことだけはするなと注意だけしておいた。まぁ大丈夫か。ロッツァに悪さするような馬鹿はおらんじゃろし、ロッツァ自身も頭がいいっぽいからの。

商業ギルドへ入ると、挨拶する間もなく執務室へ連れていかれた。

「おはようございます、アサオさん。今日はよろしくお願いします」

イルミナが丁寧にお辞儀をする。

「すぐに移動して始めるかの？」

「そうですね。参加者も今か今かと首を長くして待っていますので。まぁそのうちの一人は私なんですが」

少し恥ずかしそうに頬を染《そ》めるイルミナと執務室を出る。そのまま三人でギルドから借りた調理場へ向かう。

「ギルドマスターの私が一日ここを空《あ》けるわけにもいかないので、昼頃までしか参加できないのが残念でなりませんが……」

「半日参加すればいいじゃろ。というより儂は、半日教えたあとは自由に料理できるもんだと思ってたんじゃが」

「ええ、料理教室は昼までで結構です。そのあとはサチアの時と同様、調理場をお好きに使ってください。ただ、皆帰らずにその様子を見ていると思いますので、それだけ了承《りょうしょう》していただければ」

「それならいいんじゃ。旅先の食事をいろいろ補充したいからのぅ」

「はい、お邪魔《じゃま》にならないようにさせます」

そんな会話をしながらのんびり歩くと、先日と同じ調理場に辿り着く。中では十名ほどの女性が待っていた。

皆が皆、期待の眼差しを向けている。

「皆さん、おはようございます。急きょ開催された料理教室ですが、しっかり学びましょう」

「「「はい」」」

イルミナの言葉に元気な声が返ってくる。

「まぁそう肩ひじ張らずに気楽にの。こんな爺が教える簡単な料理ばかりじゃから。おぉ、そうじゃ。自己紹介を忘れてた。アサオ・セイタロウじゃ」

「孫のルーチェです」

「昼までわいわい楽しく一緒に料理しようかの」

「「「はい！！！」」」

お嬢さんがた、めちゃくちゃ気合《きあ》い入ってるんじゃが……

とりあえず、教える料理は無難に喫茶アサオのかりんとう、ホットケーキ、ポテチから始めようか。砂糖が多少高価じゃが、大量に使うものでもないからの。蜂蜜でも代わりが利くから大丈夫じゃろ。

どうやら皆食べたことがあるようで、キラキラ目を輝かせていた。どうやって作るのか気になっていたものを知れるとあり、ものすごい興奮状態になっとる。

秘伝のレシピでもないし、本当に簡単なんじゃよ。

まずそれぞれの品をお手本として作っていくと、その都度《つど》歓声が上がり、更に興奮していったようじゃ。ひと通り作り終わると、今度は皆で作る番になる。その時も、手順を一緒になぞる形にしておいた。口だけだと上手く説明できんからの。サチアとフォアの時の反省を活かしたんじゃよ。

皆、何度か作るうちに手馴《てな》れたようで、綺麗な料理が仕上がっていた。

軽食……というか、おやつメニューだけなのもなんじゃから、予定通りにパスタも何種類か教えてみる。

トマトと玉ねぎを刻んで一緒に炒め、塩で味を調《ととの》えたら好みの汁気《しるけ》まで煮詰める。これだけで完成じゃ。肉、魚、野菜となんでも追加していけば、それこそ数えきれないくらいの変化を見せる。

トマトソースパスタやらナポリタンぽいものやら何種類か作ってみたところ、かなり好評だった。あと、自分で食べたくなったペペロンチーノも一緒に作ってみた。ニンニクを使うのでさすがに女性陣には不評かと思ったが、逆に簡単で美味しいとあって首ったけになっておった。

そのまま味見がてらの昼食を皆でとり、料理教室は無事終了となった。

そして午後は料理補充の時間じゃ。

イルミナの言っていた通り、皆に帰る気配がない。

「何を補充するかのぅ。ルーチェはなにか希望はあるかの？」

「玉子焼きかな。あとはテリヤキが欲しい」

「ならとりあえずその二品を作るかの」

食材をいろいろ【無限収納《インベントリ》】から取り出して並べる。人目があるので一応鞄から取り出してるように偽装《ぎそう》はするぞ。

ラビ肉と鶏肉を炙る間にテリヤキタレを作り、炙り終わったモノから絡めて皿に盛っていく。

他に、卵を沢山割っていつもの卵液を作って、そのままダシ巻き風に仕上げる。

これらの料理も珍しい……というより見たことないものだったようで、皆興味津々のようじゃ。

葉物のおひたし、漬物、煮物と、思いつく料理を次々こしらえていく。

料理教室も終わったというのに、皆熱心に作り方を書き記していた。確かに、珍しい食材は醤油の実くらいじゃからな。家でも十分作れるじゃろ。

そして今気付いたんじゃが、イルミナがまだいる。これ平気なんじゃろか？

「ギルマス！　早く帰ってきてください！　お昼までの約束でしょ！」

と思ってたらシロハンが怒鳴《どな》りこんできた。

「この機会を逃したら覚えられないじゃないですか！　あと少しだけですから！」

「だめです！　これでもずいぶん待ったんですよ！　ほら、帰りますよ！」

「ううううう」

未練がましく唸《うな》り声を上げ、涙目のイルミナ。対してシロハンは呆れた表情を浮かべとる。

「一段落ついたから、今連れてくのがいいじゃろ。しっかり仕事しないとダメじゃよ。イルミナは皆の手本となるべきギルマスなんじゃから」

「……分かりました。戻ります」

イルミナはしょぼんと肩を落として、シロハンと一緒に帰っていった。

あとで差し入れがてらいくつか持っていってやろうかの。自業自得《じごうじとく》なんじゃが、少し可哀そうに思えるからな。

その後も夕方いっぱいまで料理を補充しまくった。残った受講者《じゅこうしゃ》のお嬢さん方もあれこれ覚えたようで、早速今夜から実践するようじゃ。いろいろ試して自分の味にするのが一番じゃよ。

最初からアレンジするのは魔料理になるからダメじゃがな。

イルミナへの差し入れを手に、調理場をあとにする。一日料理した儂は、気疲れからか疲労を感じ、ルーチェは食べ疲れをしていた。

しかし、これで料理の補充も万全、買い物も粗方《あらかた》済んでいる。

そろそろ旅に出ようかの。ふと、そんなことを思う儂じゃった。

《 29　病は治してあげるもの 》

気がかりな案件を減らして、後顧《こうこ》の憂《うれ》いなく旅に出る為に、ゴールディ商会へ行こうと考えた。香辛料を仕入れられたのはあそこのおかげじゃったしの。

フォアのいちゃもんがこんな結果に結びつくとは、思ってもみなかったわい。あの商会とは、今後も良い関係を続ける為に恩を売っておこうかと思ったんじゃ。

簡単に言うと、フォアの母親の治療《ちりょう》をしようかと思っとる。この世界の医療技術では治せなくても、魔法ならいけるかもしれんからな。一応それらしい魔法が使えるからのぅ。


身支度を済ませて、商会の店へ向かう。店舗《てんぽ》が大きいので、小さくなったロッツァなら問題なく同行できる。

「じいじ、何するの？　また何か買うの？」

「いや今日は買わんぞ。フォアの母親の治療をしようかと思ったんじゃよ。病に伏せっていると言ってたでな。治せるかもしれんからやってみようかと思っての」

「病まで治せるのか？　アサオ殿の魔法はすごいな」

感心するロッツァ。まだ戦闘も攻撃魔法も見せてないからのぅ。儂について、料理ができるのと足が速いくらいのことしか認識してないロッツァには、驚きなのかもしれんな。

「補助、支援、回復は得意分野じゃぞ。その代わり攻撃魔法は初期のものしか使えんのじゃ」

「でもその威力は初期魔法じゃないけどね」

「ふむ。それは楽しみだな」

三人で会話をしながらのんびり歩き、商会に辿り着いた。街中散策程度でロッツァに乗る気はないからの。一緒にゆっくり歩くので十分じゃ。だいたい、街から出ないと走らせてやれんしな。

「いらっしゃいませ。何をお求めでしょうか？」

扉を開けると元気の良い声がかかる。扱う品にもよるが、元気にハキハキ喋《しゃべ》られて嫌な気はせん。商《あきな》いをする者の基本じゃな。

「フォアか、代表はおるかの？　会う約束をしとるわけでもないから、いなかったら日を改めるんじゃが」

「フォア様ならおられます……失礼ですが、お名前をお聞きしてもよろしいでしょうか？」

丁寧な応対にこちらも丁寧に名乗ると、店員は奥へ消えていった。そう時間を置くことなく、フォアが顔を見せる。

「アサオさん、いらっしゃいませ。今日はどうかしたんですの？」

「そろそろ旅に出るからその挨拶をと思っての。あと少しだけ野暮用《やぼよう》じゃな」

「ご丁寧にありがとうございます。留守の父に代わってご用件を承《うけたまわ》りますわ」

高慢な態度はなりを潜め、淑女然《しゅくじょぜん》としたお嬢様になったのぅ。

「フォアの母上は病なんじゃろ？　その治療ができるかもしれないんじゃが、どうする？」

「本当ですの⁉　母様を治せるならぜひお願いしたいです！　……ただ、お医者様からも完治《かんち》は難しいと言われてまして……」

まさかの用件にフォアは驚きを隠せない。完治させるには高位の薬剤……それこそ神薬並みの薬がいくつも必要だと言われていたらしい。

「まぁ診《み》てみないことには分からんがの」

「ほんの少しでも希望があるならお願いします。今より良くなる可能性があるなら、試す価値は十分です」

深々と頭を下げるフォア。

「なら案内してくれるかの？　万が一にも傷つけるようなことはせんから安心してくれ」

フォアに連れられて店をあとにし、邸宅《ていたく》に向かう。さすが大商会だけあって立派なものじゃった。ただ豪華《ごうか》に飾《かざ》りつけられた悪趣味《あくしゅみ》な造りではなく、素材一つひとつが良いモノで、丁寧に意匠《いしょう》をこらしてあった。

黒塗《ぬ》りの重厚《じゅうこう》な扉を開け中へ入ると、使用人と思《おぼ》しき数名が出迎えてくれた。

「お帰りなさいませ、フォア様」

「お母様は寝ていますか？」

「いえ、先程お薬をお飲みになられましたので、今はまだ横になっているだけかと」

「そうですか。ならこのままお客人を案内しますので、お母様にその旨《むね》を伝えてください」

「かしこまりました」

使用人はお辞儀をしてこの場を去る。

「商会代表夫人ですからね。ベッドの上とはいえ、身綺麗にする時間くらいは下さいませ」

小声でフォアにそう告げられる。

数分の後、フォアと共に寝室らしき部屋まで案内される。中には、薄いブロンド色の髪を軽く結った女性がベッドで起き上がっていた。

「このような姿で失礼します。フォアの母、セレン・ゴールディと申します」

「アサオ・セイタロウじゃ。こっちは孫の――」

「ルーチェです」

皆でお辞儀をし合う、少し滑稽《こっけい》な状況じゃな。

「母様の病を治せるかもしれないとおっしゃるので、アサオさんをお連れしました」

「まぁ、アサオ様はお医者様で?」

「いや、行商人じゃよ。少しばかり魔法が得意な爺じゃ」

「魔法で病を？　王都にいる最上級神官様でも使えるか分からない魔法ですよ？」

「とりあえず状態を見たいからの。ちょっと失礼するぞ？」

疑問の表情を浮かべたセレンを《鑑定》《エヴァルア》で診る。ステータスや称号などと一緒に、病名がいくつか出てくる。

「胸を患《わずら》っておるんじゃな。肺ではなく、乳癌《にゅうがん》のようじゃ」

「にゅうがん？」

聞き慣れない単語に首を傾《かし》げるセレン。

「胸にしこりのようなものがあるじゃろ？　それが病魔じゃ」

「ッ！！　確かにあります」

自覚はあるようじゃ。ただ、切開して取り除くような医療技術はないし、原因も良く分からなかったんじゃろうな。

「たぶんじゃが、体調が悪いところに乳癌が重なったんじゃろな」

「治せますの？」

「やってみたほうが早かろう」

これで治らなければ、訳分からんことを言う変な爺扱いで終わるじゃろうが、このまま放置していたらそう長くないと思うんじゃよ……まだ若い女性が早く逝《い》くのは忍《しの》びないから、少し気合い入れてやってみるかの。

「《治療》《パナシア》」

分かってはいたが、状態異常ではないんじゃな。特に変化はない。やはり本命のこっちを使うようじゃ。

「《寛解《リミッション》》」

セレンの身体全体を、薄い緑色をした光の膜《まく》が覆う。徐々に右胸に光が集まり出し、強く濃くなっていく。しばらくすると光は収まるが、セレンは先程と変わらないように見える。

「しこりはどうじゃ？」

「……ありません」

自分の胸を触って確認するセレン。

「これで治ったんですの？」

フォアはセレンと儂の顔を何度も見比べる。

「《鑑定《エヴァルア》》で見ても、他には病気が見当たらんからのぅ。ただしばらくは安静にして体力回復に勤《いそ》しむべきじゃな。その後は運動などをして基礎《きそ》体力作りじゃ」

「にわかには信じがたいです。でも、かけて頂いた魔法は《復活《リザレクション》》と並ぶ最上位のものです。どちらも名前しか知りませんでしたが」

まぁそうじゃろ。まだ経過観察が必要じゃが、そこは担当医に任せるとするかの。

魔法での治療だととり残しがなさそうじゃから、転移の心配はしなくて良さそうじゃな。

「一番の原因を取り除いただけじゃ。あとは主治医と相談してゆっくり療養《りょうよう》じゃよ」

「身体のあちこちの痛みも一緒になくなったんですが、これも魔法の効果でしょうか？」

「かもしれんの。一番問題なのは乳癌じゃったが、他にも細かい原因がいくつかあったからの。今はそれも消えとるから、きっと治ったんじゃろ」

体力減少などは鑑定画面に表示されたままじゃが、これればかりは時間と静養《せいよう》しか打つ手がないじゃろ。

「ありがとうございました。このお礼はどうすれば」

「我が家で出せるものはお金と商品くらいしかありませんの」

セレンとフォアは顔を見合わせてからそう切り出してきた。特にどちらも欲しいわけじゃないからのぅ。何を頼むのが一番丸く収まるかの。

「なら、今後とも良い付き合いをお願いしようかの」

「そんなことでいいんですの？」

拍子抜《ひょうしぬ》けするほどの対価に、フォアは思わず気の抜けた声を漏《も》らす。

「繋がりや信頼は金で買えるものではないじゃろ？　それをお代にしてもらえれば十分じゃ」

「確かに商人にとっては何物にも代え難《がた》いですね。ただそれだけですと主人に怒られてしまいますので、どうかいくらかのお金も受け取ってください」

「ならそれでいこうかの。完治した実感が湧かないのに高額な医療費は払えんじゃろ」

いつも一回の往診《おうしん》に支払う額だというお金を渡され、【無限収納《インベントリ》】へと仕舞う。

「儂にできるのはここまでじゃからな。そろそろお暇《いとま》させてもらおうか。ルーチェ、帰るぞ」

「はーい。フォアちゃん、またね」

「フォアちゃん⁉」

唐突《とうとつ》なちゃん付けに驚きの表情のまま固まるフォアと、それを見て笑みを浮かべるセレン。

明るくなった母娘の未来に、思わず笑顔になる儂じゃった。

《 30 ロッツァの試運転 》

旅に向けての最後の買い物として、ロッツァに大八車のような荷台を借りて曳《ひ》かせてみる。やはり、ゆっくり走っても振動がかなりくるのぅ。

試しに荷台へ《浮遊《フロート》》をかけて走らせると、快適なモノに様変わりした。ロッツァとしても重さがなくなり、抵抗が減って良かったみたいじゃ。

甲羅に跨《また》がるだけで十分なんじゃが、一応商人じゃからな。荷馬車のようなものにしといたほうがいいかと思っての。これで問題がなさそうならば幌《ほろ》付きのものを買おうかと思ったんじゃよ。

「ロッツァ、どうじゃ？　騎獣には儂らを乗せる以外にもこんな役目があるんじゃが」

「問題ない。それより乗り心地《ごこち》は《浮遊《フロート》》だけで大丈夫なのか？」

「走るとなると《結界《バリア》》も必要じゃろうが、歩いてのんびりならこれで十分じゃよ」

「これで商人としての体裁《ていさい》も整ってきたね」

ルーチェや、どこでそんな難しい言葉を覚えたんじゃ？　しかもあまり良い感じに聞こえんじゃろ。

「ロッツァとしては幌馬車と大八車はどっちがいいんじゃ？」

「《浮遊《フロート》》をかけてもらえるならどちらでも変わらんな。アサオ殿が楽なほうを選んでくれ」

正直な話、どちらでも全く問題ないんじゃよ。ロッツァの本気走りなら《結界《バリア》》はどちらも必須《ひっす》じゃし、《浮遊《フロート》》は基本的にかけないとダメじゃからな。

「ルーチェは」

「どっちでもいーよー」

飽きたんじゃな。決める気がさらさらない感じじゃ。

「いろいろ積んでるように見せる為にも幌馬車にしとくかのぅ。まぁ在庫があればじゃが」

実際、【無限収納《インベントリ》】もアイテムボックスもあるから、そういうふりってだけじゃ。普段の取引や買い物でも一切モノを持ち歩かんからな。それでも、見せかけというのは案外大事なんじゃ。

盗賊とのいらん面倒が増えるかもしれんが、それは普通に旅してても起こることじゃからな。仕方ないじゃろ。

借りていた大八車を返却し、幌馬車の在庫があるか確認してもらおう。

大きさは魔法でちょちょいっとするつもりじゃから、ある物を買うだけじゃ。価格も……まぁ多少かかってもいいじゃろ。その分はまたどこかで稼《かせ》げばいい。

稼いだ分は使って、また稼いで使う。それが経済を回すってことだと思うんじゃよ。

店に行ってみると、納品直前に潰れてしまった商店の幌馬車が新古品状態で余っておった。

基本的に受注生産なので、残っているのは中古品か今回のような新古品しかないそうじゃ。かなりの大型で、本来は多頭曳きの幌馬車じゃった。

売れ残り処分の意味も兼ねて多少の値引きもしてくれた。それでも金貨120枚と高価な品じゃ。

車輪《しゃりん》や車軸《しゃじく》の狂いなどの点検も全てしてもらう為に、明日引き取りにした。専門知識も技術もないからの、そこは任せるのが一番じゃろ。

一応いつ買い手が現れても平気なだけの管理はしていたから、明日の引き渡しも可能なんじゃな。

「これで明日には旅に出られそうじゃな」

「だねぇ。次はどこ行くの？　レーカス？」

「そのつもりじゃ。とりあえず海を目指す感じで南下すればいいじゃろ」

「我も海などは久しく見てない。しばらく岩山に籠《こも》っていたのでな」

あの岩山付近の森を平らにならしてしまう程度には引き籠っていたんじゃろ。魔物の『しばらく』だから詳しくは分からんがの。

その後冒険者ギルドに顔を出し、盗品の買い戻しを終了して、残った品と代金を受け取る。市民への返却はほぼ完了していたらしいので満足じゃ。

今回は問題なく終わったのぅ。盗賊退治をためらうことなくできて、盗品返却も労せず楽に終えられる。誰にも損のない、いい手を見つけられたから、このやり方でやっていこうかの。本当は盗まれたり、さらわれたりしないのが一番なんじゃが……それでも、何もしないで素通りするよりかは幾分《いくぶん》ましじゃろ。

《 31　いざレーカスへ 》

「海を目指して南下する」と言っておきながら、早速の寄り道。出発したのは街の北側。先日のトロールの件が気になってのぅ。森の先にある山へと足を運んでみた。何もなければ、そのまま南下していけばいいだけじゃからな。

ロッツァもいるから時間短縮《たんしゅく》はいくらでもできる。なので、幌馬車を受け取り、商業ギルドで挨拶を済ませた昼ごろに街を出た。

「じいじ、何かあるかな？」

「何もなければそれはそれでいいじゃろ。気がかりを残して旅するのは、どうにももやもやするから嫌なんじゃ」

幌馬車を曳く亀の甲羅に跨り会話をする儂とルーチェ。街道なのでロッツァも問題なく歩けていた。ただ、森の先に行くとなると多少木々をなぎ倒す必要があるがの。

しばらく進めば森を抜け、岩山が見えてくる。ここにも大きな洞穴があり、魔物のいる気配が漂っていた。というより《索敵《レコナ》》が仕事をしてマップにしっかり表示されとる。

「反応は一個だけのようじゃ。大物なのかのぅ」

「そこそこ強い気がするよ」

「あまり小さいと我とは相性が良くなさそうだな」

「まぁ戦うか話すかは相手を見てからじゃな」

まだ赤表示になっておらんから、会話が成り立つ可能性もある。そのまま洞穴に入ると、向こうも気付いたのか表示が赤に変わる。

「お前さんは何者じゃ？」

とりあえずの声かけをするが、返事はなし。いやあるにはあったんじゃが、あれは返事ではないじゃろ。雄《お》たけびを返事とは言わん。

しかも丸太を担《かつ》いで威嚇《いかく》しとるし。

「あー、じいじ、ダメだ。これオーガだ。話せる魔物じゃないよ」

「我と相性が悪いほど小さくないが、この中で相手するのは骨が折れるな」

角のようなモノが生《は》えておって、この巨体。木を地面からぶっこ抜いたような丸太を抱える力。知性の感じられない雄たけび。確かにどれもがオーガの特徴《とくちょう》じゃな。

「じいじ、ちょっと試したいから今回は私がやっていい？」

「構わんが、なにするんじゃ？」

「ひみつ！」

そう言うなり、ルーチェがオーガに向かって駆け出す。

念の為、儂から《結界《バリア》》、《強健《ハーディ》》、《加速《クイック》》をかけておく。

狙いを付けずに振り回される丸太をかいくぐり、オーガの顔めがけてひざ蹴りが一閃《いっせん》。

ルーチェはそのまま首に取りつき、足で絞《し》めあげる。絞め落とされてなるものかとオーガは丸太を捨てて腕を伸ばすが……遅いな。

首を絞めたまま身体を反《そ》らせ、オーガを頭から地面へと突き刺すルーチェ。暴れていた腕も足も力を失う。

「前衛《ぜんえい》芸術かの？」

「きまったね♪」

「えげつない攻撃だな。自重《じじゅう》があるヒト型にはきついだろう」

いや、きついじゃ済まんじゃろ。

「こいつが来たからトロールが山を下りたのかもね」

「じゃろうな」

オーガを吸収しながら、ルーチェは何事もなかったかのように話していた。

とにかくこれで気がかりはなくなったようじゃから、良しとするかの。

「おぉ！　じいじ、このオーガやっぱ強かったよ！　ステータスかなり上がった！」

「そうかそうか。そりゃ良かったのぅ」

笑顔のルーチェに儂も微笑みかける。

「それで済ますアサオ殿もどうかと思うぞ」

ロッツァの冷静な指摘が一番まともな気がするのぅ。

孫に甘い爺と、無邪気《むじゃき》な孫娘。そんな二人に付き従う騎獣。儂ら三人の旅はまだ始まったばかりじゃ。

《 32　付与魔法 》

イレカン北部の不安要素を取り除けたので、南下開始じゃ。

ロッツァもいることじゃから、のんびり旅と高速移動とを交互に試すことにした。急ぐ案件も用事も何もないんじゃがな。走らせてやらんと可哀そうでのぅ。

そう思って走らせたら、予想を遥かに上回る移動距離を稼いでしまってな。それならばと儂がこの世界に来た時にいたジャミの森へ寄り道することに決めた。あそこならルーチェとロッツァの修行《しゅぎょう》にもなるじゃろ。素材もなかなかの高値で売れる、薬草や山菜、野草も豊富にある。いいことづくめじゃ。

まぁジャミまでの道中で、盗賊団退治とゴブリンの巣殲滅はやるがの。そこはさくっと終わるから何の問題もない。

盗賊は一人も殺さずに捕縛して、付近の村へ丸投げ。盗賊からの被害もあるじゃろうから、懸賞金などはそのまま村へ寄付《きふ》じゃ。村や村人からの盗品も分かる範囲で全て無償返還《へんかん》してきた。

ジャミの森目前にある、以前立ち寄った村にて一泊してみたが、驚きの発展をしておった。

腐葉土《ふようど》と醤油の実くらいしか教えてなかったんじゃがな。畑の作物の収穫量と質が格段に上がったらしく、それがかなりの金子《きんす》を生んだそうじゃ。ついでにうどんも名物料理になっとるらしい。旅人や冒険者は少ないが、それでも話題になり、村人たちの胃袋と懐を満たしてるんじゃと。

先日の礼として村長が金を渡そうとしてくれたんじゃが、丁重《ていちょう》に断っておいた。まだまだ村で必要なはずじゃからな。その代わりとして一泊の宿と醤油の実を頼んだんじゃ。まぁ、こっそり代金を置いていったがの。

そんなこんなで、イレカンを出発してからたった八日でジャミの森まで戻ってきてしまった。

ジャミからフォスまでもかなりあったし、フォスからイレカンまでも結構かかったんじゃがな。騎獣……というよりロッツァが規格外《きかくがい》なんじゃろな。

ジャミの森では、宿代わりに例の祠《ほこら》を利用させてもらうのが良さそうじゃな。ロッツァは入れないかもしれんが、何とかなるじゃろ。

「ここで何日か狩りや採取をして過ごそうかの」

「狩りしていいの？」

「食べる分だけが基本じゃぞ？　売られた喧嘩は買っていいがの」

目を輝かせて期待の眼差しを向けてくるルーチェに答える。

「なら我も一緒に狩りをしよう。食べる分くらいは自分で賄わんとな」

「あまり木々をなぎ倒し過ぎちゃいかんぞ」

「……努力しよう」

なぎ倒した分は【無限収納《インベントリ》】に仕舞って無駄にはせんがな。

「儂はこの辺りで採取と実験をしとるからの。腹が減ったら帰ってくるんじゃぞ」

「はーい」

「分かった」

二人を送り出したあとは実験じゃ。

と思ったが先に腐葉土を回収しておくかのぅ。この先も使う機会があるかもしれんし、先にできる採取、収集を済ませてから、じっくり実験したほうが良さそうじゃからな。

【無限収納《インベントリ》】へしこたまジャミの森の腐葉土を仕舞い、ついでにいくらかキノコや山菜も採取しておいた。

「これだけ集めればいいじゃろ。さてさて、実験といこうかの」

先日イスリールに教えてもらった付与魔法を、いろいろ試してみたいんじゃよ。その為にイレカンで武器や防具、指輪などの装飾品を買ったんじゃからな。教わってすぐに試したかったんじゃが、街中でなにかあると困るからの。今まで我慢してたわけじゃ。

【無限収納《インベントリ》】からいろいろ取り出し、目の前に並べていく。

「失敗する可能性を考えて、まずは盗賊のナイフあたりでやるのが無難じゃろ。これなら数もかなりあるからの」

イスリールの言ってたことを思い出し、《付与《アディション》》を発動してから《加速《クイック》》を唱え、ナイフにのせていく。

が、パリンッと割れる音と共にナイフが砕けてしまう。

「ふむ。付与に失敗すると壊れるのか。《加速《クイック》》のイメージが足りなかったのか、素材の問題なのか分からんのぅ……数はまだ十分あるから、試していけば分かるじゃろ」

それから何度もナイフは砕けていった。自分にかけた時のイメージで付与していくが、失敗続き。そこで効果を弱くするイメージに変えると、何度目かで成功した。

「素材の質が悪くて、魔法に耐えられないのかもしれんな」

そう仮説を立て自分を納得させてから、ナイフを持って移動してみるが、特に付与された《加速《クイック》》の恩恵《おんけい》は感じられない。試しにナイフを振ると、今度は若干速く振れている感じがした。気のせいかと思い、一応何もかけていない物を振ると、違いが分かった。

「軽くしたわけでもないのに攻撃速度が上がるのか。面白いのぅ」

右手に《加速《クイック》》ナイフ、左手に通常ナイフで振ると、違いが歴然だった。利き手の問題もあるかと逆にしても結果は変わらなかったので、付与による効果が出たんじゃろう。気になったので《鈍足《スロウ》》ナイフを作ってみると、ものすごく振りが遅くなった。

「戦ってる最中にこれやられたら、たまったもんじゃないのぅ」

笑みを浮かべながらそんなことを口にする。本体には魔法がかかりにくい相手なら、かなり有効な手段になり得るのぅ。いきなり自分の持つ得物《えもの》に付与されるとは思わんじゃろう。

次に試すのは、複数の魔法を付与できるのかじゃな。こちらは街で買った銀製の指輪や首飾りでの実験になる。鉄や青銅のナイフと比べれば、格段に質が上がるでな。

「《付与《アディション》》からの《結界《バリア》》」

そこそこ強めにかけたが、指輪は砕けない。

「更に《堅牢《スタウト》》」

ピシッと音が鳴り、指輪が割れる。今度はどちらも弱めにすると、砕けずに付与が成功した。

「これは便利じゃな。ナイフと違って儂自身に効果が出とる」

指輪や腕輪、首飾りなどへ複数付与を繰り返していくうちに、日が暮れていく。

「ただいまー」

「戻った」

一緒に行動していたのか、二人は同じタイミングで帰ってきた。

「おかえり。狩りはどうじゃった？」

「結構強いのがいたから楽しかったよ。美味しそうなのは持って帰ってきて、そうじゃないのはあっちで食べてきちゃった」

「我は大きい魔物を何体かだな。それなりに歯ごたえがあった」

鑑定すると二人ともレベルが上がっていた。

「満足したなら、身体を綺麗にしてから、獲ってきた肉を焼いて晩ごはんじゃ」

「はーい」

「うむ」

素直に返事をして自分に《清浄《クリーン》》をかけていくルーチェ。ロッツァにも教えてあるから、ちゃんと自分でやっておる。

獲れたての肉を焼いて塩胡椒で食べる。簡単な味付けにシンプルな調理法。それでも美味いんじゃから、やはりジャミの食材は一級品のようじゃ。

ただ、量を食べる二人には飽きがくるかもしれんから、醤油やテリヤキタレを用意しておいた。

食後は、祠の前で自分たちを覆うほどの《結界《バリア》》を展開し、そのまま横になる。【無限収納《インベントリ》】からベッド一式を取り出すと、ルーチェはすぐにダイブした。ロッツァはベッドの横で丸くなる。星空の下、儂ら三人は眠りにつくのだった。

《 33　魔法の実験 》

今日は昨日とは別の実験にとりかかる。

付与魔法のほうは十分使えそうなのでひとまずお終いにするが、この付与による魔道具作りが別の疑問を派生《はせい》させた。

ヒトに使えないはずの魔法が、魔道具になると効果が現れる。なら本来ヒトに使うはずの魔法を、別の魔法に使ったらどうなるか？

そんな疑問からの実験じゃ。何度か試して、使えそうなものは実戦で検証する。

「《氷針《アイスニードル》》をその場に留めてからの《加速《クイック》》」

最初に思い浮かんだのは、加速を付け加えること。物に魔法をかける時と違い、同じ魔力から発生しているので、《付与《アディション》》もいらないようじゃ。

どうやら成功らしく、今までより速度が格段に上がっていた。《火球《ファイアーボール》》、《石弾《ストーンバレット》》、《水砲《ウォーターガン》》とどれも成功。

ただ《風刃《ウィンドエッジ》》だけはいまいち効果が出なかった。もともとかなり速いからかのぅ。

まず発動待機からの付与を試したが、ほぼ同時発動でも問題なく効果が出ていた。

「なら次は《泥沼《スワンプ》》に《猛毒《ヴェノム》》はどうじゃ？」

普段の広範囲ぬかるみが、禍々《まがまが》しい色の毒沼と化した。

「これは嫌がらせの域を超えるのぅ。あんまり使っちゃダメな気がするわい」

《泥沼《スワンプ》》にいろいろ追加するのはどれも成功。弱体化、状態異常との相性が抜群《ばつぐん》で、使い道は十分にありそうじゃ。

……効果がありすぎての封印《ふういん》はあり得るがの。

「お次は少し目先を変えて《石弾《ストーンバレット》》に《圧縮《コンプレス》》でいってみるか」

拳大《こぶしだい》の石つぶてが小さく硬くなり、目の前の木を蜂の巣にしていく。

「硬い石をぶつけられるのと、蜂の巣になるのはどっちのほうが嫌なんじゃろか」

どっちが痛いのかではなく、どっちが嫌なのかを気にする辺りが、儂らしいっちゃらしいかもしれんな。

「攻撃魔法の併せ技もやってみるかの」

《水柱《ウォーターピラー》》に《火球《ファイアーボール》》をぶつけての小規模水蒸気爆発。同じことが《火球《ファイアーボール》》と《水砲《ウォーターガン》》でもできた。

《石弾《ストーンバレット》》に《火球《ファイアーボール》》を纏《まと》わせようとしたがこれは上手くいかなかった。隕石《いんせき》的なものになると思ったんじゃがな……

目先を変えて《火球《ファイアーボール》》を《炎柱《フレイムピラー》》にして試してみたところ、思っていたモノにかなり近付いた。纏わせるなら、どの属性もピラー、ウォール系がいいのかもしれんな。

これらがイスリールからもらった各属性の初期魔法に入っていたのはありがたいことじゃ。

しかし、自分で言っていた通り、補助や支援のほうが得意な主神ってのも珍しいんじゃないかの？　もっとこう、光や聖なる力で闇を滅《ほろ》ぼすド派手な魔法のほうが主神っぽい気がするんじゃがな。

まぁ、異世界に転移、転生した者がいきなりそんな力を持たせられたら、まともな判断や行動ができないと思うがの。地道にこつこつレベル上げして、地力を付けてから強大な力を得る。そのほうがいいのかもしれんな。

いろいろやってる儂が言っても説得力なさそうじゃが……

気を取り直してピラー、ウォール系との掛け合わせを試すと、なかなか面白いモノが出来上がった。

《岩壁《ストーンウォール》》と《炎柱《フレイムピラー》》を同時に使うと、想像通りの燃え盛る壁《かべ》が。

《氷壁《アイスウォール》》、《岩壁《ストーンウォール》》に《氷針《アイスニードル》》をかけると、スパイク付きの壁になる。

《風柱《ウインドピラー》》に各種の初期魔法をぶち込んだら、ちょっとした災害かと思うほどのモノじゃった。魔法が喧嘩せずに混ざるのが面白くて、次々追加していったら炎と氷の渦《うず》に石つぶても含まれるんじゃから、当然っちゃ当然かの。

世間では妨害《ぼうがい》くらいの使い道しかないと思われとるピラー、ウォール系も、やはり使い方次第じゃな。十分攻撃にも使えそうじゃ。単純に、走ってきた相手の目の前に《岩壁《ストーンウォール》》出すだけでも倒せそうじゃよ。

む？　今までもこれやっとれば、もっと楽に旅ができたんじゃないかの？　今更言っても仕方ないことか。次からやればいいじゃろ。ここで気付けたことを喜ぶべきじゃな。

実験と考察が終わる頃、狩りに出ていたルーチェとロッツァが本日の獲物《えもの》を持ち帰った。

昨日が焼き料理主体の夕食だったので、今夜は鍋仕立てに。

森の中、温かい食事でほっこりする儂ら一同じゃった。

《 34　ジャミダンジョン 》

翌朝、目が覚めると雨が降っていた。《結界《バリア》》があるので寝とる間に濡れることはなかったが。

身支度を済ませ、朝食をとりながら本日の予定を話し合う。

「マップを眺《なが》めてたら見つけたんじゃが、森の奥にダンジョンがあるっぽいんじゃよ」

「ダンジョン！」

「奥の深い洞穴だったか？　我は大きすぎて入れなかったから良く知らんのだが」

目を輝かせるルーチェと気乗りしていないロッツァ。同じく未体験の二名の反応は対照的じゃな。入れるかどうかも分からないロッツァにしてみれば当たり前か。

「あ、でもロッツァが入れないなら別にいいや。仲間外れにするの嫌だもん」

「そうか」

少し寂しそうにするルーチェの頭を、儂は優しく撫《な》でる。心もちゃんと育っているようでなによりじゃ。

「小さくなった我なら入れるかもしれん。ルーチェ殿の気遣《きづか》いは嬉しいが、一度見に行ってから決めても遅くはなかろう？」

「うん！　そうだね！」

ぱあっと明るい笑顔を見せるルーチェを見て、笑みがこぼれるロッツァと儂じゃった。

「なら食事が終わったら行ってみるかの」

「はーい」

「うむ。まずは美味い食事からだな」

先の楽しみもいいが、腹を膨らますのが大事なのも事実。美味しい朝食で満足しつつ期待に胸を膨らませる。

そう時間もかからずに食事を終えると、揃ってダンジョンへと足を運ぶ。道中で出遭《であ》う魔物を危なげなく狩り続け、森の奥へと分け入っていく。徐々に強くなる魔物をものともしない儂らは、歩く速さを変えることもない。

一時間も歩けば、目的地であるダンジョンの入り口が見えてきた。以前訪れた木材ダンジョンのような装飾レリーフもなく、樹齢《じゅれい》千年は超えるであろう巨木の根元に大きな洞があるだけ。

しかし、ここにも木材ダンジョンで見た水晶があるのはなんでじゃろ？　これはギルドが設置する魔道具じゃなかったんかの？　ジャミの森に設置できるほどの手練《てだ》れを雇《やと》ったんかのぅ？

『セイタロウさん、その水晶はもともと僕たちが置いてるものです。ダンジョンの中から魔物が出てこないようにする結界のようなものなんですよ。それを人族が少しだけいじって中に入る者を記録できるようにしたみたいです』

イスリールからの念話が突然入って驚くが、まぁ時々見てるようじゃからな、タイミング良く教えてくれたんじゃろ。

『魔物が溢《あふ》れたら危険じゃから、その為に強めの結界が必要なんじゃな。それはどこのダンジョンも同じにしとるんか？　あとここは記録はどうなんじゃ？』

『そうなります。記録は人族の手が入っていないのでできません』

それならこのまま入っていいじゃろ。

ん？　手が入ってないってことは未発見ダンジョンなのか？

大騒ぎになるかもしれんから、ここのことは内緒にしたほうが良さそうじゃな。まぁ記録も残らないみたいじゃから大丈夫じゃろ。

『あとボス部屋も、外に出られると困るので、中からは開かないように細工《さいく》してあります』

ボス部屋にも一応注意してあるんじゃな。うっかり神イスリールとは思えんくらい気が利いとる。

「入り口がこれだけ大きければロッツァも入れそうじゃ」

「やったね。一緒に初ダンジョンアタックできるね」

「そのようだな」

三人で、３メートルを超える洞の前で笑顔を見せ合う。

ダンジョンの前だというのに、非常に良い笑顔じゃ。

「地下何階まであるんじゃろ……あ、マップに出るんじゃな」

「そうなの？　ちなみに何階？」

「地下八階のようじゃ」

マップに書いてある名前は『ジャミダンジョン』になっとるのぅ。まぁ『木材ダンジョン』とかは通称らしいから、地名になるのは当然か。

「少ないね。すぐ終わっちゃうのかな」

「肩慣らしには丁度良かろう？　我もルーチェ殿も初めてのダンジョンだからな」

こんな場所にあるんじゃから、初心者向けのダンジョンじゃないと思うんじゃがな。普通なら来るだけでもかなり苦労するじゃろし。

「とりあえずこのまま入るかの？　食料も十分あるし、無理そうなら出てくれば良いじゃろ」

「んじゃいこー♪」

「そうだな。実際に体験するほうが早いだろう」

ダンジョン前で一服だけしてから攻略開始にする。急《せ》くこともないからの。

どんなダンジョンなのか楽しみな一方で、一抹の不安がよぎる儂じゃった。

《 35　ダンジョンアタック――初日 》

一服を済ませ、幌馬車も仕舞い、ジャミダンジョンに入って数メートル、早速罠《わな》でお出迎えをされた。

「なんちゅうえげつなさじゃ」

「すごいね。入って数秒で殺されそうになるとは思わなかったよ」

「申し訳ない。すぐに危険はないだろうと気を抜いた自分が恥ずかしい」

ロッツァが踏んだ岩がスイッチだったようで、突然足元にぽっかりと穴があいた。罠の発動を見た儂が慌てて《浮遊《フロート》》をかけたので事なきを得たのだが、皆で一緒に落下するところじゃった。

「こりゃ難易度《なんいど》高そうじゃな。ダンジョン入って五秒で死亡もあり得たからの」

「ダンジョン舐めてたね、ロッツァ」

「うむ。気を引き締めて参ろうぞ」

マップに表示されるモノは相変わらず魔物くらいなので、それを避けるように歩いていく。するとどうにも罠にかかる確率が高い。

最初に《浮遊《フロート》》をかけたので落とし穴にかかることはないが、槍《やり》が飛び出す、矢が飛んでくる、石つぶてが降ってくるなどの罠がそこかしこに仕込まれていた。どれも普通ならば致命傷になり得る罠ばかりだった。儂らの高ステータスと《結界《バリア》》の万能性の前には、さして意味はなかったが。

そこでモノは試しと、魔物が点在するほうへと進めば、罠が極端《きょくたん》に減っていく。

「魔物と戦う肉体的な疲労を選ぶか、罠を回避《かいひ》、解除しながら進む精神的疲労を選ぶかの違いじゃな」

「……罠はウザい」

「我も魔物の相手のほうが楽だ」

かかっても影響はないが、罠にはまったという事実が地味に嫌になる。そんな状況なので、魔物狩りをしながら進むの一択だった。ただ、現れる魔物もジャミの森準拠《じゅんきょ》でなかなかの強さがある。それでも儂らにしてみれば『なかなか』程度でしかないんじゃがな。

最初の罠の憂《う》さ晴らしをするように、ロッツァは猛然《もうぜん》と走ってからの体当たりを繰り返す。生き残ったモノには噛《か》みつきでトドメ。レッドベア、赤狼、赤鹿などの獣ばかりだったが、どの魔物も綺麗な毛並みをしていた。ドロップ品も毛皮が多く、時たま牙や爪、角などが落ちる程度。食べられそうなのに肉が落ちないのは不思議じゃな。

狩りからのドロップ品回収を繰り返すと、閉じられた扉の前に辿り着いた。

扉を開けると、中には魔物がわんさかと溢れんばかりに存在していた。所狭《ところせま》しとひしめき合う、見渡す限りの熊、狼、鹿。

そこへロッツァは嬉々《きき》として駆け出し、魔物たちをなぎ倒し、弾き飛ばしていく。

「まるでボーリングじゃな。面白いように倒れていくわい」

「じいじ、ボーリングってなに？」

「並んだピン……的《まと》のような物をまん丸のボールでなぎ倒す遊びじゃよ」

「それってあんな風に飛んでいくの？」

ルーチェの指差す先には、熊と狼が数匹ずつ宙を舞っていた。

「倒すのであって、飛ばすもんじゃないんじゃがな」

まぁ高速で当てれば多少は飛ぶが……あんな高々と舞い上がることはないのぅ。

「これロッツァだけで終わるね」

「そうじゃな。こっちに向かってくるのだけ倒せばいいじゃろ。あとはロッツァの後ろを取ろうとするやつくらいかの」

言いながら目の前に《炎柱《フレイムピラー》》付き《岩壁《ストーンウォール》》を出すと、こちら目がけて猛然と走ってきていた鹿が激突《げきとつ》。壁に頭から突き刺さり、焼け焦げていく。辺りに肉の焼ける匂いを漂わせながら、最後はドロップ品にその身を変えた。

ロッツァに轢《ひ》かれながらもかろうじて生き延び、背後から攻撃しようとしていた熊に、ルーチェは飛びひざ蹴りを入れた。そのまま頭を踏み台にして、すぐ脇《わき》にいた狼の首に全体重をのせたフットスタンプを落とす。ゴキッと首から鈍い音を立てた狼がアイテムに変わる。

見える範囲全てを魔物に埋め尽くされていた部屋は、数分もしないうちにドロップ品で埋め尽くされることになった。

「ふー、満足だ。これだけの数がいると少しはやりごたえがあるな」

「あれだけ暴れればそりゃそうでしょ」

自分は暴れ足りないのか、少し不満げなルーチェはロッツァに呆れている。

「地下一階からこんな部屋があるとはのぅ。これから毎階あるかもしれんぞ……」

ドロップ品を拾いながら部屋の奥を見ると、扉が開いており、下への階段が続いているようだった。八階分全てにこんな部屋を完備《かんび》なら、上級ダンジョン確定じゃろ。

「これだけの狩りを毎度続けるなら、一日に一〜二階層がいいとこじゃな。無理して怪我したり死んだりすれば終わりじゃからの」

「はーい」

「分かった。アサオ殿が常々言っている『いのちだいじに』だな」

二人を納得させて地下二階へ下りたところで、今日は休むことになった。夕闇が迫《せま》ってきているのでそのまま夕ごはんになりそうじゃな。ダンジョンの中でも暗くなって外の時間が分かるのはありがたいことじゃ。腹時計だけだと正確さに欠けるからの。

先程の戦闘で鹿肉の焼ける匂いに触発《しょくはつ》されたからか、夕ごはんは焼肉をリクエストされる。確かにあの時は良い匂いが充満したから仕方ないじゃろ。

皆で幾度《いくど》かのおかわりをして夕飯終了。

寝具《しんぐ》一式を取り出し、周囲を覆うくらい大きな《結界《バリア》》をかけ、皆で眠るのだった。

《 36 ダンジョンアタック――二日目 》

地下二階で目覚《めざ》め顔を洗い、身支度を整える。ダンジョンの中だろうと身綺麗にしたいのは変わらん。

皆で朝ごはんをしっかりとり、ダンジョン踏破《とうは》に向けて二日目の活動を開始じゃ。

初日に経験した、いたるところに設置されたおびただしい数の罠の印象が強いので、《結界《バリア》》と《浮遊《フロート》》を常時発動させておく。これで不用意に壁などを触らなければほぼ安心できる。熱や呼気に反応するような罠だと無理じゃがな。

まぁ大抵のモノは各々のステータスで何とかなるから平気じゃろ。

地下一階と同じく《索敵《レコナ》》とマップを見ながら、魔物のいるほうを選んで進んでいく。現れる魔物もさして変わらず、レッドベア、赤鹿、赤狼がほとんど。ドロップアイテムも特に変化することなく、毛皮、牙、爪、角だった。

罠にかかることも宝箱などを見つけることもなく、ただただ魔物を狩って歩き、半日も経つと階段が見つかった。

「この階には魔物のひしめきあう部屋はないのだな」

「扉があったしボス部屋みたいなもんだと思うんじゃよ、あれ。木材ダンジョンだと五階毎にあったな」

「ならここがおかしいのかな？」

「分からんのぅ。儂もダンジョン自体まだ二回目じゃからな」

会話をしながら階段を下りきると、目の前に扉があった。

「……また部屋だね。ここにもわんさかいるのかな？」

「かもしれんの」

「前回は我だったからな。今度はルーチェ殿がやってはどうだ？」

気を遣ったのかロッツァがそんな提案をしてくる。順繰りにこなしていくのが妥当じゃろうな。ただルーチェは多数を相手にする術がないからのぅ。もしそうなら儂がやったほうがいいじゃろ。

「相手が少ないようならルーチェに頼もうか。昨日と同じように数が多いなら儂がいこう」

「そだね。私は一対一のほうが得意だから」

今のところ苦戦する相手に当たったことがないから、走り回って殴る蹴るで済んだんじゃがな。

「まぁとりあえず入ってみてからじゃな」

扉を開けてみれば、中は熊、熊、熊と熊祭りだった。様々な色の熊がみっちりと部屋中におり、その全てがこちらを見ている。

「……圧巻《あっかん》じゃな」

「……すごいね。こんだけの熊をよく集めたよ」

「……我もこれだけ一つの種族が集まったところは見たことがないぞ」

一頭が吠《ほ》えると、それを引き金に、他の熊も大音声《だいおんじょう》の咆哮《ほうこう》を上げて部屋の空気を震わせる。そして我先にと襲いかかってきた。

「《水砲《ウォーターガン》》、《圧縮《コンプレス》》」

　水鉄砲が乱射され、次々熊に風穴《かざあな》を開けていく。倒された熊を別の熊が乗り越え近付こうとしても、身を乗り出した途端に息絶《いきた》える。一切の躊躇《ちゅうちょ》なく、絶えず圧縮《あっしゅく》された水の弾丸が熊の命を狩っていく。全ての熊が沈黙《ちんもく》するのにかかった時間は五分ほど……狩りと呼ぶにはあまりに一方的な殲滅戦じゃった。

「……アサオ殿も十分えげつないぞ」

「じいじはやっぱ強いね」

「実戦でも十分使えそうじゃ」

　儂にとっては、先日新たに手に入れた攻撃手段の試し撃ちでしかないがの。

　熊部屋から出ると、階段ではなくダンジョンが広がっていた。

「階段下りてすぐに扉じゃったからボス部屋かと思ったのに、入り口の部屋でしかないとはのぅ。面白い造りじゃな」

「地下一階との違いは熊だけになったことくらいだな。地下二階にボス部屋がないと思ったところへの嫌がらせなのだろう」

　妙なところを突いてくるのぅ。ダンジョン入ってすぐの罠といい、ここはなかなか面白い趣向《しゅこう》をしとるようじゃ。となるとそろそろ裏をかいてくる頃じゃな。さっきまでの裏なら、魔物と罠のダブルアタックが有力じゃろ。

予想通り、見つけた魔物を目指して歩くと必ず罠があった。ただその罠もこれまでのような即死性のものではなく、嫌がらせ程度のモノ。とはいえ戦闘中にそんなものを食らえば、命の危険はぐんと跳ね上がる。

《結界《バリア》》と《浮遊《フロート》》の前ではほとんどが無意味じゃったが。

夕闇が辺りを包み始める頃に、地下三階のボス部屋に到着した。

「じいじ、ここを突破《とっぱ》したら夕ごはんね」

「そうじゃな。時間的にも丁度良いじゃろ」

「さて、ここのボスは何がいるのだろうな」

ロッツァが頭で扉を押し開ける。奥には、元のロッツァの大きさを遥かに超える熊が座っていた。横になるのではなく、大人しく座っておる。

こいつはレッドマーダー。レッドベアを大きく、更に凶暴《きょうぼう》にした魔物だそうじゃ。獲物を見つけたかのように、こちらから一切視線を外さない。

「一匹だけなら私がやっちゃっていい？」

「いいのか、アサオ殿？　かなり強い魔物のようだが」

「ルーチェなら大丈夫じゃろ」

と言いつつ《堅牢《スタウト》》、《強健《ハーディ》》、《加速《クイック》》は忘れない。支援をしっかりするのは後衛職《こうえいしょく》の基本じゃからな。

「んじゃ、いってきまーす」

言うなり走り出すルーチェ。立ち上がり、カウンターの一撃とばかりに大きな前足を振るうレッドマーダー。そこでルーチェは更に姿勢を低くし、地面を滑るかの如《ごと》く足首にドロップキック。

関節を折るまではいかなかったようじゃが、それでも十分な痛みを与えたようで、レッドマーダーはもんどりうって倒れる。

ルーチェは投げ出されたもう片方の後ろ足を掴み、足首を極め、関節を外す。

これで残るは前足二本と巨大な顎《あご》。

ルーチェは痛みに耐えかね転《ころ》げまわるレッドマーダーから距離を取り、また駆け出す。その勢いのまま右肩を拳で打ち抜き、バックステップで間隔《かんかく》を空《あ》けると、左肩へ拳をめりこませる。そして飛び上がって、四肢《しし》の痛みから転げまわるばかりのレッドマーダーの頭へ、全体重を乗せたフットスタンプを落とす。

地下三階のボス、レッドマーダーは最初に前足を大きく振るった以外は何もさせてもらえず、その身をドロップアイテムへと変えた。

「おわりー♪」

「思ったより早かったのぅ」

「ボスとして満足に戦わせてももらえないのか……」

「ロッツァがやったのだって同じようなものだよ？」

「そうじゃな。向かってくる魔物を片っぱしからなぎ倒し、弾き飛ばしておったからな」

「……それもそうだな」

会話もそこそこにボス部屋を出ると、下り階段が見えてくる。階段を下り、周囲に《結界《バリア》》を張ると、皆で晩ごはんからの睡眠へという流れになるのじゃった。

《 37 ダンジョンアタック——三日目 》

目を覚ますと、辺りは朝靄《あさもや》に包まれていた。周囲を見渡せば、何本かの木が見える。今までの階層のようにごつごつとした岩が主体ではないようじゃ。

深呼吸をすれば、やはり森の中のような空気と匂いじゃった。

「昨夜は晩ごはんのあとはさっさと寝たから、周りをよく見なかったのぅ」

「じいじ、おはよう。おなかすいた」

「顔を洗って歯磨きしたら朝ごはんじゃ」

「はーい。ロッツァいこー」

「うむ」

ルーチェがロッツァと一緒にベッドから離れていく。《清浄《クリーン》》ひとつで事足《ことた》りるんじゃが、自分でやったという実感が欲しいんじゃよ。

ロッツァはルーチェに《浄水《ウォータ》》を直接口へ出してもらい、うがいをはじめる。歯磨きをする腕はないので、うがいと《清浄《クリーン》》で我慢となる。同じく顔を洗うのも《清浄《クリーン》》頼み。特に汚れとるわけではないのに儂とルーチェに毎日磨かれる甲羅は光り輝いていた。

ロッツァとしてはこれまでも身綺麗にしていたつもりだったようじゃが、儂らと一緒に旅するようになってからは自分でも見違えるほどだそうじゃ。となると綺麗な状態を保ちたくなるのが心情で、儂らと同じく朝起きたら《清浄《クリーン》》をし、食事前にも《清浄《クリーン》》をし、寝る前にも《清浄《クリーン》》をする。そんな生活にすっかり染まっておった。

「じいじおわったよー。今朝の献立《こんだて》はなに？」

「ごはん、菜物の味噌汁、漬物に焼き魚じゃな」

「アサオ殿、玉子焼きが欲しい」

「私も玉子焼きたべたーい。甘いやつね」

【無限収納《インベントリ》】から追加で玉子焼きを取り出す。

肉など焼きながら食べるほうが良いものはその場で調理するが、それ以外はかなりの量を仕舞いこんであるので、特段新たに作る必要もない。

料理が揃ったところで皆で手を合わせ――

「「「いただきます」」」

手の合わせようがないロッツァは言うだけじゃが。

食事を済ませたら地下四階の探索を開始する。朝靄だと思ったのは、常時発生している霧《きり》だったようで、まともに見える範囲は20メートル先くらいまで。《索敵《レコナ》》とマップのおかげで奇襲《きしゅう》される心配がないのが救いかのぅ。

この階層も罠が豊富じゃった。

今までのように単発の罠があるのではなく、草木に紛《まぎ》れ込ませて張られた蔓を切ると、連続で発動する形式になっておる。その蔓も足元、ひざ丈、腰高、胸元と、様々な高さに張られておった。

距離を取って《風刃《ウィンドエッジ》》で蔓を切ると、罠の起点が発動。蔓に固定されていた枝がしなりをきかせて襲いかかる。枝に叩き出されるように前に出ると、足元にトラバサミ。身動きが取れなくなったところに別の枝が横殴りに迫りくる。その枝には先の尖《とが》ったスパイクのようなものが何本も取りつけられとる。なんとかしゃがんでかわすと、正面から矢が飛来する。

一連の流れがコンボとして見事に繋がっておった。

「ジャミダンジョンは罠の実験場なのかの？」

「無駄がなくてきれいな流れだね」

「今までのような一撃死でないのがまたいやらしいな」

そりゃそうじゃ。一発アウトの魅力《みりょく》と、連鎖性《れんさせい》の魅力は違うからの。どちらも良いものじゃ。

「霧で視界が制限されているからのぅ。それならと気配感知に頼って歩くのを上手く利用……いや誘導しとるんじゃな」

「……じいじが好きそうな感じだね」

……嫌いじゃないのぅ。どうもこれを作ったのはイスリールじゃなさそうじゃ。そいつとは酒を酌《く》み交《か》わしてもいいかもしれん。

その後、ほぼほぼ魔物と出遭うことはなく、罠を回避しながら歩いたが、今日は地下五階への階段を見つけられんかった。霧の中を歩くので、普段より遅めの歩みとなるのが原因じゃな。

周囲に《結界《バリア》》を張り夕食を済ませ、皆で一緒に寝る。

一日歩いて下に行けなかったことは初めてで、それを密《ひそ》かに嬉しく思っていたのは、二人には内緒じゃや。

《38　ダンジョンアタック――四日目》

翌朝。昨日は途中で日が暮れてしまった、地下四階の探索を再開する。

戦闘が極端に少ない階層だからか、ルーチェとロッツァは面白くなさそうじゃや。儂としては面白い罠が多くて楽しいんじゃがな。

一日経ったからといって霧が晴れることもなく、今日も視界不良は続く。見える範囲も昨日と変わらず、《索敵《レコナ》》を確認しながらゆっくりと歩を進める。罠は《索敵《レコナ》》で発見できないからのぅ。

「……魔物がいない……今日もいない……」

「罠ばかりで嫌になるな」

動くの大好きな二人はやはり不満そうじゃや。ここのボスは任せるのが吉じゃな。

霧の中を歩き続けて夕方になり、ようやくボス部屋らしき扉を見つけることができた。

ただ、やっと見つけた扉の前には宝箱が一つある。十二分に怪《あや》しい宝箱。罠以外の何物でもない宝箱。《索敵《レコナ》》にしっかり反応が出てるので、魔物であることは疑いようもないんじゃがな。

あとは前後左右のどこに罠が張られているか。今までの罠設置のいやらしさからすれば、宝箱を迂回《うかい》する所に……やはりあった。

「こんな所の宝箱開けるヒトなんているのかな？」

「そう思わせるのが狙いのようじゃ。あれを回避しようとすると左右どちらにも罠があるんじゃよ。手前の少しだけ色が違う地面がそれじゃな」

「となると正面から行くのが良いのか？」

「じゃろうな。触れるまで正体《しょうたい》を見せない魔物かもしれんが、とりあえずひと当てしてみるかの」

近付いたらバクリといくタイプを考慮《こうりょ》して《石弾《ストーンバレット》》を撃ち込めば、ガゴッと鈍い音をたて、宝箱が横倒しになった。ダメージを食らって正体を現したようで、宝箱は起き上がる。魔物はやはりミミックじゃった。

「擬態《ぎたい》する魔物としてミミックは基本じゃな」

「とことこ歩く宝箱って不思議だね」

まぁ確かに愛嬌《あいきょう》はあるのぅ。開いた蓋《ふた》から中身と牙が見えとるのは可愛くないがの。

ゆっくりとこちらへと歩いてくるミミックを観察しながら、儂ら三人は右に移動する。最短距離を詰めてくるらしく、ミミックは方向を変え徐々に近付いてくる。そして色の違う地面がカチリと音を立てると、ミミックは発動した落とし穴に消えていった。

「魔物にも罠は発動するんじゃな」

「だね。これも自滅になるのかな？」

「罠を置いたのは奴ではないじゃろうから、自滅とは少し違う気もするが……似たようなものかもしれんな」

　三人でミミックの落ちた穴を覗き込む。扉に視線を向けると、ミミックがおった所に宝箱が戻っていた。

「また箱だね。今度は本物？　それともそう思わせといて罠付き？」

「まぁ罠付きじゃろうな。状態異常か爆発あたりかの。二人はそこで少し待っててくれんか？　儂一人で開ければ被害はなさそうじゃからな。それに少し試したいこともあるからのぅ」

「放置してボスに向かうのも手だぞ、アサオ殿」

　ロッツァの提案には首を横に振って宝箱に近付き、手を触れて【無限収納《インベントリ》】に仕舞う。予想通り罠の発動もなく、宝箱は消えた。【無限収納《インベントリ》】を確認すると、宝箱と中身は別々に表示されていた。

【名　前】罠付き宝箱（空）

【名　前】宝石箱

「【無限収納《インベントリ》】の中での仕分けも完璧《かんぺき》じゃ。これかなり有効な手段じゃな」

「……仕舞えたね」

「仕事させてもらえない罠が憐《あわ》れだな」

ホクホク顔の儂と違い、呆気にとられとる二人。

気分良くボス部屋に入ると、見渡す限りの魔物ではなく、二匹の大きな熊がいた。キングクリムゾン、クイーンルージュという名の大きな赤い身体の番《つが》い。熊種の頂点に立つらしい二匹は、キョトンとした顔でこちらを見ていた。

「えっと、戦う?」

こくりと頷くキング。

「我もやろう」

首を縦に振るクイーン。

ルーチェとロッツァに《堅牢《スタウト》》、《強健《ハーディ》》、《加速《クイック》》をかけると、決戦の火蓋《ひぶた》が切られた。

二匹は無言のまま駆け出し、そのまま体当たりしてくる。

ルーチェはキングをひらりとかわし、ロッツァはクイーンを受け止める。

かわしたルーチェはすれ違いざま、鋭い蹴りを足にたたき込む。勢いを利用されたキングはもんどりうって倒れ込む。そこに駆け寄ったルーチェは、その頭へ殴る蹴るの連打。

なんとか立ち上がろうとするキングの足を払い、更に殴る蹴る。動きの鈍くなったキングから距離を取ると、再度駆け出してその頭へ正面からドロップキックを見舞った。首がめり込むほどの衝撃《しょうげき》を受けたキングは、ぴくりとも動かなくなる。

ルーチェの完勝じゃった。

突進を受け止めたロッツァは、そのままクイーンと力比べをしていた。微動だにせず双方とも頭で、身体で押し合う。ロッツァの甲羅を抱え込もうとクイーンが体勢を変えると、ロッツァは首をひっこめた。不意に抵抗が消え、甲羅にしがみついたクイーンのどてっ腹にロッツァは頭を突き出し、叩き込む。腹を抱えるようにうずくまるクイーンの首筋に、ロッツァの牙が食い込んでいく。そのまま顎に力を込めると骨は噛み砕かれていた。

クイーンの四肢から力が抜け、その身体が横たわる。

両者倒されたのはほぼ同時で、身体が消えてドロップアイテムに形を変えた後。そこには子熊が二匹いた。

「じいじ、でっかいのが小っさくなった」

「こちらも同じだ」

困惑する二名をよそに、子熊はそれぞれの足元にすり寄る。

「これもドロップアイテムと言ってもいいんじゃろか？　何か希少《きしょう》な事例の匂いがぷんぷんするんじゃが」

「一緒に来る？」

しゃがみこんだルーチェが話しかけると、子熊はこくりと頷く。

「付いてくるか？」

ロッツァの問いかけに、こくんと首を縦に振るもう一匹の子熊。

「新しい仲間とするかの……楽しいからいいんじゃが、儂の周りはヒト以外ばかりじゃな」

「じいじの周りに普通のヒトがいられるわけないじゃん」

「そうだろうな」

なんでじゃ。儂はまだ人族じゃぞ。

「ところでこの子らの名前と扱いはどうするかのぅ。魔物はしっかり登録せんと街に入れんみたいじゃし。二人の従魔《じゅうま》にすれば良いかの？」

「じいじの従魔でいいんじゃない？　見た目子熊で可愛いし、吠えないみたいだし、私五歳児だし」

「騎獣の従魔はおかしかろう。アサオ殿に任せる」

ルーチェもロッツァも丸投げする気じゃな。まぁ保護者扱いじゃから仕方ないかのぅ。

「ここを出たら、とりあえずスールの街で登録だけするかの。拾ったのは二人じゃから、名前はちゃんと付けてやらないとダメじゃぞ？」

「んー、じいじに任せようかと思ったんだけどな」

「拾った責任は我らにあるからな。アサオ殿、この子熊の種族はなんだ？」

「ルーチェのほうがキングクリムゾン、ロッツァのほうがクイーンルージュじゃ」

「ならクリムゾン……クリムだね」

「我のほうはルージュだ」

キング、クイーンよりかはマシじゃが、安直じゃな。

クリム、ルージュともにきょとんとした表情のまま、こくりと頷いた。

鑑定したところ、しっかり名前として出ていたので、本人も納得したんじゃろ。

しかし子熊でもステータスがなかなかおかしいことになっとる。儂らには遠く及ばんが、それでも並の冒険者や魔物相手にやられるようなことは万が一にもなさそうじゃ。補助をすれば、十分このダンジョンで戦えるじゃろ。


ボス部屋を出て、階段を下りきると、皆で夕食にした。

生肉、生魚、調理した肉、焼いた魚といろいろ出してみたところ、クリムとルージュは美味しそうに食べていた。どれも気に入ったようで、おかわりをせがむように見つめてくる。つぶらな瞳の子熊の愛くるしさに勝てるはずないじゃろ？　【無限収納《インベントリ》】から次々食料を取り出す儂じゃった。

ルーチェとロッツァも便乗《びんじょう》して、たらふく食べておった。

……儂は皆に甘いのぅ。

《 39 ダンジョンアタック――五日目 》

クリムとルージュを仲間にした次の日の朝。

腹が減ってはなんとやらじゃから、腹ごしらえはしっかりせんとな。地下五階の攻略途中で力が出なくなるのは困るからのぅ。そんな意味もあって、焼き魚朝定食を皆に振る舞った。

つぶらな瞳攻撃に屈《くっ》したわけではないからの。


上の階に続き、ここも森林が広がっていた。ただし霧はなく、見通しはそれなりにある。

鬱蒼《うっそう》とまではいかないが木々が生《お》い茂っているので、死角が多分に発生しているがの。そこを上手く突くように魔物が現れることが続発していた。

まぁ《索敵《レコナ》》の前では奇襲になりきれてないんじゃがな。それでも樹上から落ちたり下りてきたりするのには少し驚いてしまうわい。

赤猿、赤蛇、黒蛇あたりは、木の上から魔法や投石で攻撃してくる。攻撃の種類が物理一辺倒でなくなってきたから、対処法を誤《あやま》ると大惨事《だいさんじ》になりかねんな。

ただ、魔力や投げるモノがなくなると、そそくさと下りてきて距離を詰めようとするのは可笑《おか》しかったがの。そこは無理しないで逃げれば良いと思うんじゃがな。ダンジョン内では逃げを選ぶ魔物がいないのが不思議じゃ。

ちまちま攻撃されるのが頭にきたのか、ロッツァは魔物のいる木をなぎ倒し、ルーチェは蹴り倒し続けていた。落ちてダメージを負った魔物にトドメを刺すのはクリムとルージュ。これもある意味パワーレベリングになるんじゃろうな。

それぞれがやれることをちゃんとこなすパーティは強いからの。儂は途切《とぎ》れることのないよう皆に支援を続けている。まぁそう簡単に切れるような柔《やわ》な魔法はかけんが。

そして、ここまで一切罠が見当たらない。あれほどひっきりなしにあった罠が一つも見つからない。この地下五階からは純粋な力が試されるんじゃろか？

何度か小休止を挟みながら、戦い歩き続けること数時間。

昼ごはんをとろうかと休憩《きゅうけい》場所を探していると、ボス部屋の扉が見つかった。

「昼ごはんを食べたらボスとの戦いじゃ。何か食べたいモノはあるかの？」

「はい！　焼肉丼がいいです！」

「我は汁物が食べたい」

話せない二匹はきょとんとしとるが、話せる二名は即座に答える。

「なら焼肉丼と味噌汁にして、この子らにも同じのを出してみようかの」

【無限収納《インベントリ》】から料理を取り出し、皆の前に並べる。自分の分だけは肉野菜炒めをのせた丼にしておいた。

「「「いただきます」」」

の声と同時に儂以外がガツガツ食べ出す。ルーチェは一気にかきこみ、ロッツァたちは皿まで食べるのではないかという勢いで顔を突っ込《こ》んでいた。

「そんな慌てて食べなくても、飯は逃げたりせんぞ」

苦笑いを浮かべながら注意するも、聞く耳持たずな二名と二匹。

「「おかわり！」」

一杯目を食べ終え顔を上げるのは、儂に注意されるのとほぼ同じくらいのタイミングだった。

「良く噛んで食べんと身体に悪いぞ」

そう言いながらも二名の前に焼肉丼を置いてやる。ふと見れば、クリムたちも器を空《から》にして見つめていた。儂は目尻を下げながら二匹の前にも同じように置いてあげた。

何度かおかわりを繰り返すと満足したのか、皆落ち着いて食べることができるようになる。ゆっくり食事を楽しみ、食後の一服までのんびりと。

そうこうするうちに皆の腹も落ちついてきたようで、食後の運動がてらのボス狩りとなった。

「さて、ここには何がおるかのぅ」

扉を開けて部屋に入ると、巨大な蛇がとぐろを巻いていた。

鑑定すると様々な情報が出てきた。ジャイアントボア。牛をも丸呑みする巨大な蛇。毒は持っていないが、素早い動きと尾のひと振りの威力は強力らしい。分厚くもしなやかで滑《なめ》らかな皮は一級品の剣ですら傷つかず、その上魔法も効き難《にく》いそうじゃ。

「これは儂がやってみるかの」

「魔法効き難いんでしょ？　私がたくさん蹴って殴ろうか？」

「いや、効かないではなく、効き難いならやりようはあるからの。トロールとはまた違った倒し方ができそうじゃからな。大型種への対応策として使えるか実験じゃ」

儂は思わず笑みを浮かべながらボアを見つめる。

「うわぁ。ロッツァ、覚悟しときな。結構ひどいことになると思うよ、これ」

「そうなのか？」

「ではいくぞ」

ゆっくりと歩み始めると、狙い定めたかのように一直線でボアが向かってきた。その顎を目いっぱい開いてひと息で儂を呑み込もうとする。それを造作もなくかわすと、その鎌《かま》首《くび》に向けて二つだけ魔法を唱えた。

「《結界《バリア》》《浄水《ウォータ》》」

首から先だけを包み込み、水で満たす。ボアはなんとか飲み干して息をしようとするが、水が減ることはない。減れば減った分だけ補充するからの。

数分とかからずにジャイアントボアは動かなくなった。

補助魔法と生活魔法。この二つだけで、上級冒険者のパーティでも苦戦し、全滅《ぜんめつ》するかもしれない魔物を退治できた。

「攻撃らしいものは何一つなく、しかも水のない場所での溺死《できし》……ボスが可哀そうになってくるぞ」

「だから言ったでしょ。ひどいことになるって。攻撃魔法もなし、状態異常にすらされないでこれだよ」

唖然《あぜん》としているロッツァの隣で肩をすくめるルーチェ。そんな二名の傍から離れ、ボアのもとへとことこ歩いていく二匹。

二匹はものすごい大きさの蛇皮をくわえて、儂に届けてくれた。

「おぉ、ありがとうの。お前さんたちは利口じゃな」

子熊二匹の頭を撫で猫可愛がりする。

「さぁ先に行こうかの」

何の苦労もなく地下五階を突破できたので、疲れもなく地下六階へと下りていく。下りた先にはすぐに扉があった。

「また入り口か」

「芸がないね」

若干の呆れ顔を見せる二人は、そのまま扉を開ける。中には猿が群れていた。一斉に吠え出し、手当たり次第にモノを投げてくる。

「む？」

皆にかけた支援魔法が消えるのを感じ、改めてかけ直す。ところがそれも数秒と経たずに消えていく。

飛んでくる石や木、時には尻からひりだされたモノを避けながら気付いた。

「ここは魔法が使えないようじゃな。ロッツァがそのままなところを見ると、道具としては使えそうじゃが」

「なら物理攻撃だね」

「鬱陶しい猿どもを弾き飛ばせば問題なかろう。どれ、少し走り回って数を減らすとしようか」

駆け出して猿をなぎ倒し、弾けさせるロッツァ。

「これはこれでヒドイ光景だね」

「一面グロ画像じゃからな」

　ドロップアイテムに変化するまでの間に流血や中身を見せる猿たち。小さい猿も大きい猿も等しくロッツァに轢かれている。その通り道にいないモノは、儂たちへの投擲《とうてき》を続けていた。

「返品じゃ」

　杖を鋭く横振りし、投げられた石を叩き返す。ピッチャー返しの要領《ようりょう》でそれが顔面に直撃した猿は、仰向《あおむ》けに倒れると二度と起き上がることはなかった。

「じゃあ私も返品するー」

　ルーチェはそこらに転《ころ》がる石を剛速球《ごうそっきゅう》で投げ返す。子熊二匹はルーチェのもとへとせっせと石を運んでいた。

「まだまだ沢山あるからねー」

　一時間もするともはや猿はいなくなり、代わりのドロップアイテムだらけになった。またも子熊二匹がせっせと運んでくれる。倒すよりも拾うことのほうが時間がかかり、夕闇が辺りを包み出していた。

　部屋を出ると、そこには下り階段があった。

「ボス部屋だけの階層だったんだ」

「芸がないわけではなかったようだ」

　少しだけ驚いた顔をする二人。

予想に反した事態じゃからな。

地下七階に到着した儂らは、身綺麗にしてから皆で夕飯にする。

儂は高温の油の入った鍋の前で、地下五階で沢山拾った蛇肉を唐揚げにしまくる。揚げた傍からどんどん消えていく唐揚げ。儂対二名と二匹の胃袋との勝負は終わりが見えることなく、延々《えんえん》と続いたのじゃった。

《 40 ダンジョンアタック――六日目 》

唐揚げ祭りとなった前夜を乗りきり、残すは二階層だけとなったダンジョン六日目の朝。

眩《まばゆ》い朝日が差し込むので目を開けてみれば、《結界《バリア》》の周りに無数の狼がおった。《結界《バリア》》の有能さを再確認しつつ、唐揚げの匂いまでは防げなかったのだと初めて知ったわい。

周囲に各属性のピラーとウォールを林立《りんりつ》させると、狼は目に見えて減っていく。

「朝一で戦闘なんていつ以来じゃ？」

「んぁ？　どしたのじいじ？」

寝ぼけ眼《まなこ》をこすりながらベッドで身を起こすルーチェ。一緒に寝ていたクリム、ルージュも、もぞもぞと起き出す。

「昨夜の唐揚げの匂いに釣られたみたいでな、狼が周りにうじゃうじゃおるんじゃよ。それをちいっとばかし掃除してたんじゃ」

「えー、起こしてくれればよかったのに。軽く運動してからの朝ごはんのほうがおいしそうだし」

「いや、もう終わるからの。それに儂も起きたばかりじゃったからな」

ピラーとウォールが消えると、残る狼は数匹だけだった。恨《うら》めしそうにこちらを見ながら森へと帰っていく。

ダンジョンで初めて見る『退く』という行動じゃな。

どの魔物も、弾を投げ尽くし、魔法を撃ち尽くしても決して退かなかったのに。種族によるものかそれとも知能によるものか、判断材料が乏《とぼ》しいのう。

「さて、朝ごはんの前にドロップアイテム拾いと、身支度じゃな。クリム、ルージュ、手伝ってくれるか？」

こくりと頷く二匹を連れて、《結界《バリア》》の周りに落ちているアイテムを拾い集める。その間にルーチェとロッツァは身綺麗にしていく。ロッツァも周りの異変には気付いていたが、《結界《バリア》》を越えての手出しができなかったので諦めていたようじゃ。

毛皮や牙を仕舞い、自分たちに《清浄《クリーン》》をかけたら朝ごはん。昨日に続いての焼き魚朝定食になったが、ぱくぱく美味しそうに食べる皆を眺め、ほっこりした。

食事が終われば地下七階の探索開始。

景色変わらずの森をてくてく進んでいく。今日も罠は見当たらず。違うことといえば魔物が連携を見せることくらい。狼による波状《はじょう》攻撃の合間《あいま》に猿、蛇による遠距離攻撃が混ざっておった。

各個で相手する分には全く問題にならんが、連携されるとなかなかに厄介《やっかい》じゃった。ただ指揮官となれるほどの魔物はおらんので、冷静に対処すれば上級冒険者パーティならば問題ない程度じゃ。

歩き出して一時間と経たずにボス部屋の扉が見つかった。

「早かったのぅ。階段下りてからほぼ真っ直ぐ来ただけで到着とは驚きじゃ」

「森の中を突っ切る道のりだったからね」

「うむ。我がなぎ倒して作る道を皆で歩いただけだな。木を避け、魔物を避けながらだともっとかかっただろう」

昨日同様、クリムとルージュが木と一緒に倒された魔物のトドメを刺し、アイテムを拾って持ってくる。それを儂が受け取ると二匹はまたトドメを刺しに前へ行く。そんな流れ作業を繰り返した道のりじゃった。

猿部屋と違い、魔法がほぼ無効でないのも大きかったの。これまでと比べれば効果時間が短かったが、それでも多めに魔力を流せば十分使える範囲じゃったし。

「さて、ボスとご対面じゃ」

しかし、重そうな扉を開けると、中はもぬけの殻《から》。《索敵《レコナ》》にも一切の反応がない。

「空《あ》き部屋？」

「何もなく、誰もいないのか」

ゴゴゴゴゴと後ろから音がするので振り返ると、地面が崩れていた。

「ここにきて罠との追いかけっこか」

皆に《加速《クイック》》を施《ほどこ》し、一斉に駆け出す。慌てるほどの速度で崩れるわけではなかったが、何があるか分からない。

予想通り、部屋の中程を過ぎると、崩れる速さが上がっていく。それでも追い付かれることなく正面に見えた扉を開け、部屋を飛び出した。振り返ると、部屋の地面は残すところあと数メートルだけになっておる。

「あえてしばらく罠を置かなかったんじゃな。『もう罠はない』と思わせる為に」

「結構性格悪いね」

ルーチェの言葉にこくこくと頷き同意する子熊二匹。

「ん？　崩れるのが止まったようだ……」

地面の崩落《ほうらく》停止と一緒にロッツァの口も止まる。崩れた地面から現れたのは鳥じゃった。

ロッツァを超える体躯《たいく》が翼を広げておる。鳥は羽ばたいて天井付近まで上がると、そこから急降下して儂ら一行を急襲《きゅうしゅう》してきた。

ひと安心したところを魔物で攻め立《せ》てるとはの。

扉の左右に分かれて巨鳥をやりすごすと、通り過ぎる際の風圧に引っ張られ、姿勢が揺らぐ。

「ロッツァは後ろを見ておいてもらえるかの？　もう出てこないと思うが、挟撃《きょうげき》されたらたまったもんじゃないからの」

「分かった。空を飛ぶものとは相性が悪いからな。我は後ろの監視《かんし》に徹《てっ》する」

ロッツァに特大の《結界《バリア》》を張り、扉を塞ぐように陣取《じんど》らせる。

飛び回る巨鳥は、急降下による爪とクチバシ攻撃くらいしかしてこなかった。

「ヒットアンドアウェイをずっと繰り返すんだね」

「基本じゃが、一番効果的じゃろ。遠距離攻撃も風で防ぐようじゃからな」

反撃の一手をぶちこもうとするも、風に流され届かない。ルーチェとの相性も良くないじゃろ。

「《炎柱《フレイムピラー》》」

突っ込んでくる巨鳥の目の前に火柱を上げる。そこに頭から飛び込む形になり、炎を突き抜けた鳥の身体は所々燃えていた。羽ばたき、その身の炎を消そうともがくが、逆に燃え盛るだけ。

　距離を取った巨鳥は着地し地面を転がる。その隙を見逃すルーチェではなく、脇目もふらずに駆け出し、なんとか飛び上がろうと広げた翼に膝蹴りを叩きこんでおった。おかしな方向へと曲がる左翼の次は右翼を拳で打ち抜く。

　両翼を圧し折られた巨鳥は、足掻くようにクチバシで攻め立てるが、一切のひねりもない直線的な攻撃を避けたルーチェは、そのクチバシを横から蹴り倒す。これでクチバシも折れ、残るは爪だけとなった。

　なんとかルーチェを掴み、切り裂《さ》こうとするも、巨鳥の爪は空を切るばかりじゃ。飛び上がったルーチェが巨鳥の首を抱えると、そのままぶっこ抜き、ぶん投げる。後頭部から地面に叩きつけられた巨鳥は、もはや身動きが取れなくなる。

　それでも必死に起き上がろうとする巨鳥の首筋に、クリムとルージュの牙が突き立てられた。何度も噛みつくのではなく、食らいついて離さず、地面に縛り付けるように押さえこんでおる。そうして仰向けに倒された巨鳥の腹に、ルーチェがフットスタンプで舞い降りる。

　こうして巨鳥はその生命活動を終えたのじゃった。

「ロッツァ、そっちはどうじゃ？」

「何も出てこないな」

振り返ってロッツァと会話しとる間に、巨鳥は肉と羽根に変わっていた。クリムが肉を、ルージュが羽根をくわえて運んでくれる。頭を撫でてやると、嬉しそうに目を細める。

「この先で昼にしようかの」

「残すは地下八階だけだね」

駆け寄ってくるルーチェの頭もひと撫でする儂じゃった。

《 41　ダンジョンアタック——六日目午後 》

ボスを倒したので下への階段に辿り着ける、と思っていた自分がいたのは事実じゃ。それが何じゃ。

昼ごはんを食べて部屋を出ると、まだ地下七階が続いていた。

あれはボスではなく、中ボスとでも言いたいのかのぅ。そうなんじゃろな。地下七階が続いてるってことは。

また一時間も歩くと、扉の前に着いた。

「今度もハズレかな？」

「どうじゃろ？　まぁ開ければ分かることじゃ」

扉を開けば、獣の鳴き声が聞こえる。中にいたのは子連れの大猪だった。やる気満々なのか、部屋中を走り回り、暴れ回っている。

「全部で五頭か。一人一頭でどうだろうか？」

「いいんじゃない？　今日は猪肉で焼肉だね♪」

「もう食材にしか見えてないんじゃな。まぁ上手いことドロップしてくれればそうするかの」

こくこくと頷くクリム、ルージュにも、相手が肉の塊《かたまり》にしか見えてないようじゃな。

《強健《ハーディ》》、《堅牢《スタウト》》、《加速《クイック》》を皆にかけて戦闘開始。いや、戦闘でなく狩りかの。

大猪の突進を正面から受け止めたロッツァはそのまま噛みつき、動きを止める。

子猪も親にならって突進してくるが、その威力はかなり落ちる。素早さも足りないので簡単にかわされ、足を払われて転がされとった。クリムとルージュは転がった子猪の首筋に牙を立て、地面へと押さえこむ。

なんとか立ち上がった二匹のうち一匹は、脳天にルーチェの踵落としを食らって地面にめりこんだ。残る一匹も儂めがけて再度突進するが、目の前に出した《岩壁《ストーンウォール》》に頭から突き刺さり、その命を消す。

「随分簡単だったね。それより、さぁお肉出ろ！」

ルーチェの興味はもうドロップ品へと移っておる。すると子猪は全部肉に姿を変え、大猪は牙と毛皮になったのじゃった。

「やった！　肉だよ！　じいじ、肉だよ、焼肉だよ！」

肉を抱え上げ大喜びのルーチェの傍《かたわ》らから、自分が倒した分の肉を運んでくる子熊二匹。

「そのまま食べてもいいが、どうする？」

クリムたちの頭を撫でながら伝えても、そのまま渡してきた。この何日かで生肉より調理したものを気に入ったようじゃ。

「我だけ肉でないのが残念だ」

「大丈夫じゃよ。これだけあれば皆で食べても余るからの。別のモノが出たことを喜んだほうがいいじゃろ」

肉の為の狩りではないからの。まぁ食材が手に入るのは嬉しいんじゃがな。

「さっさと地下七階から下りて晩ごはんにしたいね」

にこにこ笑顔のルーチェは、ボス狩りよりも食事に優先順位が移っている。

ボス部屋から出ると、また階段のない違う部屋に出た。

「連続ボス部屋かの？」

「かもね。それともまた足元が崩れるのかな？」

ルーチェの言葉が合図になったのか、天井から音がする。足元が崩れるのではなく落石《らくせき》じゃった。大小さまざまな岩が落ちてきおる。天井はそのまま残っているので、どこから現れた岩が降り注いどるわけじゃ。

先の猪を相手にした時の《加速《クイック》》がまだ効果を残しておるので、一切当たることなく部屋を出ることができた。

落石部屋の先には、やっと階段がある。

「これで最後の階層になるな。アサオ殿、このまま行くのか？」

「いや下りた先で一泊して明日朝からのほうが――」

「じゃあ、もう焼肉だね」

目を輝かせたルーチェは、儂が言い終わる前にかぶせてくる。余程嬉しいのか、子熊二匹も一緒になってルーチェの周りをぐるぐる駆けとった。

「少し早いが、準備もあるからの。今日はもう休みじゃ」

「やったー♪」

ルーチェと二匹が飛び跳ねて喜ぶ。

その後は肉、魚、野菜を並べて焼肉の準備。ついでに白飯も炊き、スープも作る。

明日の最下層攻略へ向けての豪華な食事を食べ尽くし、そのまま横になると、満腹感から眠気《ねむけ》に襲われて一気に夢の中へと旅立つ儂らじゃった。

《 42　ダンジョンアタック――七日目 》

焼肉パーティーから一夜明けると、周りにはその残骸があった。昨日は食べたまま片付けをせずに寝たので、そのまま残っていたのじゃ。

食器や鍋などに《浄水《ウォータ》》と《清浄《クリーン》》をかけてから、【無限収納《インベントリ》】に仕舞う。

白飯だけ残っていたので、おにぎりにしておく。最初は焼き魚とおにぎりの朝食で良いかと思ったが、ひと工夫して焼きおにぎりにした。香ばしい匂いに釣られたのか、ルーチェより先にクリムたちが目を覚まし、足元にまとわりついてじゃれてくる。

「少し待っとれ……と言っても聞かんじゃろ。とりあえずこれでも食べててくれんか？」

焼く前の普通のおにぎりを数個皿にのせてやると、喜んで食べ始める子熊二匹。

それでやっと足元から離れてくれたので、その間にせっせと動いて朝食の準備を済ませる。

焼きおにぎりを醤油と味噌の二種類作り、味噌汁、玉子焼き、漬物を用意する。昨夜の夕食が豪華だったので、朝食は多少質素に。

そうこうするうちにルーチェたちも起きてくる。

皆が揃い朝食を済ませば、残るは今いる地下八階の攻略のみ。

罠と魔物を警戒しながらてくてく進むと、一時間も経たずに扉の前へ着いた。

「まだ早いからボスじゃなさそうだね」

「じゃろうな。わんさかいるようなら、魔法の乱射で片付けてさっさと先を急ごうかの」

扉を開けた先は蛇まみれ。大小様々、色とりどりの蛇がうじゃうじゃおった。

宣言通りに《氷針《アイスニードル》》、《水砲《ウォーターガン》》、《火球《ファイアーボール》》の乱れ撃ちを食らわす。時折、なんとか魔法での絶命を逃れた蛇がいたが、クリムとルージュに踏み潰され、噛みつかれ、爪で切り裂かれていった。

部屋を突破するのにかかった時間は五分足らず。倒した傍からロッツァとルーチェの二人でドロップアイテムを回収していたからこその早業《はやわざ》じゃった。

流れ作業のように中ボス部屋を何度か攻略していくと、ひと際《きわ》大きな扉の前に辿り着いた。これまでと違い、扉本体はおろか周囲にまで彫刻《ちょうこく》などの意匠が施されておる。

「最後の部屋っぽいね」

「扉まで豪華になっとるのぅ」

「今までとは違うのだな。中の者に相応の実力がなければ、ものすごく恥ずかしいことになりそうだ」

クリムは頷き、ルージュは扉をてしてし叩いていた。

「まぁ入ってみれば分かることじゃ。期待はずれでないことを祈るしかあるまい」

扉を開き中に入ると、《索敵《レコナ》》の反応はたった一つ。見える範囲を動き回っているようなのじゃが、視界に影はなし。

「飛んでもいないのに動き回るとはの。下じゃな」

たんたんと地面を軽く踏むと、辺りが揺れ出した。正面の地面が盛り上がり、腕と頭にドリルを付けた異常に大きなモグラがひょこっと顔を見せる。

「ほほぅ、これは珍しい。我も久しく見ていないな」

「ロッツァ、これはモグラで合ってるのかの？」

「こ奴はノーム。土の精霊の一種だ」

「……精霊ってもっと見目麗《みめうるわ》しかったり、可愛かったりするもんじゃないんかのぅ」

儂の言に腹を立てたのか、ノームは刃物を研《と》ぐかのようにドリルを擦り合わせる。それからビシッとそのドリルの切っ先を儂へ向けると、そのまま無言で潜っていった。

「怒ったようだ。アサオ殿を敵と宣言したな。男と男の戦いの始まりだ」

「今のが宣戦布告なのか。分かりにくいのぅ」

「じいじとノームの戦いだね。邪魔にならないように端で見てる。行くよルージュ、クリム」

ルーチェは二匹を連れて、入ってきた扉の前まで下がる。

念の為《結界》《バリア》はかけたので大丈夫じゃろ。

「では我も下がろう。万に一つも負けはないだろうが、慢心だけはしないでくれよ、アサオ殿」

「分かった。注意を怠《おこた》らないようにするかの。相手が下なのは面倒じゃな」

ロッツァが離れると、それを感知したのか、足元からドリルが突き出てくる。ひらりとかわし、反撃とばかりに《氷針《アイスニードル》》を放つが、ノームは既に土の中。

それから何度も繰り返されたノームの攻撃は、足元からのドリル攻撃のみ。ドリル以外を一切地上に出さない、反撃されることすらない一方的なものじゃった。

「《泥沼《スワンプ》》《猛毒《ヴェノム》》」

儂の魔法でそれまでのように掘《ほ》り進めない泥沼《どろぬま》になった地面をかきわけ、なんとか地上にドリルを突き出すノーム。息をする為にも顔を出すしかなく、その顔や身体は毒により変色しておった。

「これであとは宙に浮いてるだけで勝てそうなんじゃが……」

ちらりとルーチェたちを見ると、可哀そうなモノを見るように視線をノームに向けていた。

「ダンジョンボスに攻撃しないで勝つのも悪いし、刻んでおくか。《風刃《ウィンドエッジ》》」

毒沼からなんとか這《は》いずり出たノームを風の刃で切り刻む。ノームは急所を避けようとそれをドリルで受け流すが、受け流しきれなかった分が身体を傷つけた。ただ防御力が高いからなのか、表面を切る程度で腕が取れたりするようなダメージはないのぅ。

「《水砲《ウォーターガン》》、《圧縮《コンプレス》》」

ノームはまたも受け流そうとするも、水の弾丸はドリルを貫通していく。ドリルと身体に穴を開けながら立ち尽くすノーム。それでもなんとか一撃死の急所だけは避けとる。

そんなノームがカッと目を見開くと、儂の足元が隆起《りゅうき》する。周囲から鋭い岩の柱が何本も飛び出し、儂の身を突き刺し閉じ込めようと、隙間《すきま》なく覆い尽くす。外からは棺《ひつぎ》のように見えるじゃろうか。

「うわぁ……あれ上位魔法でしょ？　あんな隠し玉持ってたんだ」

「そうだな。物理攻撃一辺倒からのあの魔法は読めん。普通ならひとたまりもなかろう」

「うん。普通ならね。でもじいじは普通じゃないから」

ダメ押しとばかりに、ノームは棺をドリルで貫く。崩れた石棺の中に儂の姿はないがの。

「ほれ、お返しじゃ。《岩壁《ストーンウォール》》、《氷針《アイスニードル》》」

儂はノームの背後の地面から顔を出すと、スパイク付きの石壁《いしかべ》でノームを取り囲む。更に氷柱も前後左右下からノームを突き刺していた。

必死にもがき逃れようと身体を動かすも、首から上しか動かないノーム。唯一空《あ》いた上を見たノームと儂の目が合った。

「これでトドメじゃ《石弾《ストーンバレット》》、《圧縮《コンプレス》》、《加速《クイック》》」

石弾はノームの眉間《みけん》を貫き、辺りに血の花を咲かせた。一瞬の硬直《こうちょく》がとけると、その身はドロップアイテムへと変わっていく。

「ふぅ。なんとか無事に終わったわい」

地上に下りた儂は、額《ひたい》の汗をぬぐい、息を吐いた。

「じいじ、お疲れ様。あの魔法はどうやって避けたの？」

「ん？　《穴掘《ディグ》》で潜っただけじゃよ。穴掘って後ろに回ったんじゃ。使い方次第で生活魔法も十分戦力になるんじゃよ」

ルーチェに簡単なタネ明かしをする間に、じゃれついてくるルージュを撫で回す。クリムはドロップアイテムをくわえて持ってくると、同じくじゃれついてきた。

「これは……首飾りかのぅ？　ドリルが付いとるから明らかにノームのモノと分かるな」

【名　前】ノームの首飾り
【効　果】装備者は土属性魔法の被ダメージがなくなる。風属性魔法の被ダメージが倍増する。

「また随分と極端な装飾品じゃな」

「当たらなきゃどのみちゼロだけどね」

「二本あるから、クリムとルージュの首輪にでもするかのぅ。いやでもダメージが増えるのは……」

「大丈夫だよ。じいじの支援もあるし、そんな柔な育ち方しないって」

にっこり笑いながら、ルーチェは二匹の首に手を回す。

「従魔の目印にもなるし、いいでしょ。こんなの着けてる子は他にいないもんね」

良く分かっていないじゃろうが、首飾りをルーチェに着けてもらったのが嬉しいのか、二匹は嫌がることもなくじゃれついとる。

皆でノームの部屋の奥へ行くと、水晶が煌《きら》めく広間へと辿り着いた。水晶へ触れると光に包まれ、次の瞬間にはダンジョンの入り口へと戻っておった。そのままダンジョンを出ると、クリムたちも問題なく連れ出せた。

「楽しかったね、じいじ」

「我も楽しかった。また機会があればやってみたいな」

目を輝かせる二人と、初めて見る森に興味津々な子熊二匹。

「そのうちな。まずはクリムとルージュを従魔登録せんといかん。スールの街で登録とひと休みしたら、レーカスへの旅を再開しようかの」

「そだね。魔物と戦うのは楽しいけど、街も楽しいからね」

「美味いものが食べられるならどこでも構わん。アサオ殿と一緒ならその心配はいらないからな。安心して旅ができるというものだ」

日も暮れたジャミの森に、夕ごはんの良い匂いが漂う。ダンジョン踏破記念でまたも焼肉をむさぼる儂らじゃった。

《 43　スールの街にてひと休み 》

ダンジョンを踏破し、ジャミの森で一夜を明かした儂らは、そのままスールの街を目指す。クリムたちを上位の魔物と察知したからなのか、一切魔物と出会うことがなかった。

ヒト、スライム、亀の三名の頃はそこそこの頻度《ひんど》で出くわしたのに。それならばと馬車を取り出し、ロッツァに曳いてもらうことにした。いつも通りに《浮遊《フロート》》と《結界《バリア》》を張ると、二人と二匹で乗りこむ。

おおよその方角を伝えれば、あとはロッツァ任せで辿り着けるからの。

それでも街に入る時に騒がせてしまう可能性を考え、街が見えたら教えてもらうことにした。

ロッツァが少し駆けるだけで並みの馬の駆け足以上の速さになるので、スールの街へは一日かからずに到着する。

ルーチェと二人で馬車から下りて、ロッツァの前を歩き、以前一人で訪れた時と同じ門へ向かえば、こちらも同じ門番さんがおった。

「止まれー。身分証を提示してくれるか？」

「これでお願いするのじゃ」

「私はこれで」

ギルドカードと市民証を見せる。

「ん？　あの時の爺さんか。一人旅じゃなくなったんだな」

「孫と騎獣と一緒の旅になれたんじゃよ。おぉそうだ。従魔が馬車の中におるんじゃが、登録はどこですればいいんじゃ？」

「商業ギルドか冒険者ギルドでできるな。人に懐《なつ》いていないとか敵意を見せるとかの問題がなくて、首輪や腕輪などの目印があるなら、すぐ終わるはずだ」

「おぉそうか。ありがとさん。それまでは馬車の中でお留守番じゃ」

馬車からひょこっと顔を出す二匹は、分かったのか分かってないのか判断し難いきょとんとした表情を見せとる。

「子熊か。爺さんの言うことを聞くなら大丈夫だろ」

門番はちらっと馬車を見ただけで通してくれた。まぁ中にはクリムたちがいるのと、多少の荷物があるだけじゃからな。

そのまま商業ギルドに足を運ぶ。ここの冒険者ギルドにも商業ギルドにも良い印象はないが、ギルマスにさえ会わなければいい商業ギルドを選んだ。一応、商人じゃからな。今回は何も売らないから、従魔の登録だけ済ませたら用はない。

ルーチェがクリムを、儂がルージュを抱えて待ち、ほどなくして順番が来る。種族が分からないということにして、『熊種の子供』と登録しておいた。本当のことがバレるとひと悶着《もんちゃく》ありそうじゃから。

　ギルドカードに従魔の情報を追記するだけで完了らしく、二匹は晴れて儂の従魔になった。首輪もしているので、他人に迷惑をかけない限りは街中を連れて歩いても問題ないそうじゃ。何か問題を起こせば、飼《か》い主の責任となるが、無闇矢鱈《むやみやたら》に噛みつくような子たちじゃないしのう。

　ギルドを出ようとしたところで、紅茶担当のビルに声をかけられた。なんでも貴族の間で儂の売った紅茶が話題になっているらしい。金に糸目を付けずに買い占《し》めようとする輩まで現れたそうじゃ。

　ただそこは腐《くさ》っても商業ギルド。現在出回っている紅茶との兼ね合いもあり、買い占めはさせなかったんじゃと。で、ビルはまだ在庫があるようならまた仕入れたいと申し出てきた。真っ当な取引で何の問題もなく十分な利益が出せる逸品《いっぴん》じゃからな。

　前回の取引でこっちが受けた悪印象を理解した上で、それでも声をかけてくるんじゃから、ビルはしっかりしとるのぅ。やはりギルマスを交代したほうがいいんじゃないか？

　前回と同じ単価で一切の文句、詮索《せんさく》を口にしないならまた卸《おろ》してもいいと言うと、かぶせ気味に即答しおった。

「ギルマスは置物のようにさせておきます。あとはお金を出す装置かなんかだと思ってもらって構いません」

とまで言われるネイサン《あのバカ》が多少憐れに思えたくらいじゃ。
明後日《あさって》の午前に会う約束をして、儂らはギルドをあとにした。

ジャミの森の魔物の素材も、ダンジョンのドロップ品も売る気がないので、冒険者ギルドに用はない。残る用事は泊まる宿を決めるくらい。それも前と同じ宿屋でいいじゃろ。

ロッツァの入れる厩舎があるかだけ懸念《けねん》じゃったがそれも杞憂《きゆう》で済み、七日分の連泊を頼んでおいた。

儂とルーチェは相部屋で、ロッツァ、クリム、ルージュは厩舎。食事は食堂で皆同じ物を食べることにして、その分も宿代と一緒に先払いしておいた。

買い出しなどの用事は明日以降にしたので、今日しなければならないことはもうない。

かなり上等な部類に入るこの宿の食事も、皆には味気《あじけ》なかったようで、部屋に戻る際、皆から食料をせがまれた。

ダンジョンや旅での食事のほうが、街での食事より遥かに美味しい。食事を大切にしてきた思わぬ弊害《へいがい》に、儂は苦笑するしかなかった。

《 44　おためしカレーパン 》

木造りの宿で目覚め、ルーチェと食堂にてゆったりと朝食をとる。

「さてと、今日はどうするかのぅ。皆は初めて来る街じゃから、適当にぶらぶらして買い物していくのがいいか？」

「何かおいしいものあるかな？　この宿、サラダはおいしいんだけど、それ以外がなんかもの足りないんだよね」

前に儂が教えたのはドレッシングとマヨネーズくらいじゃからな。ドレッシングで肉をマリネしてから焼く、なんて発想はまだなさそうじゃ。

「まぁとりあえず出店でも見て回ろうかの。宿の調理場が空《あ》いてるようならいろいろ作ってみるのもいいじゃろ。そうすれば宿の食事も良くなるかもしれん」

「はーい。皆でのんびりお買い物だね」

食後の一服も済ませ、ロッツァたちと一緒に宿を出る。

まだ時間が早いので、食事を扱う屋台などはちらほらある程度。それもまだ準備をしている段階じゃったから、先に小物や消耗品を買うべく街中をぶらぶらする。

食材を扱う店で卵や牛乳などを仕入れる。前回来た時には気付かなかったが、チーズのようなものもあったので一緒に買った。これで料理の選択肢がまた増えるのぅ。

肉屋では生肉の他に干し肉も扱っており、同じく仕入れる。そのまま食べるには硬くて塩辛いが、ダシとり用としては申し分ない。

早くレーカスに行って海産物の乾物《かんぶつ》が欲しいもんじゃ……もしなかったら作るしかないがのぅ。

そして肉屋で驚いたのは、蛇肉が思った以上に高値で取引されていることじゃ。冒険者頼みの食材なのでどうしても高くなるらしい。肉屋と交渉したら、物々交換になった。ダンジョンで獲れた蛇肉が肉屋で違う肉へと変わるとは思わんかったわい。

そういえばと思い、肉屋の主人に蛇肉の一般的な調理法を聞くが、やはり煮込みか焼くくらいなんじゃと。先日作った唐揚げを試食にと渡したら、目を見開き、驚きの表情で食べておった。この肉屋の取引先にでも唐揚げが広まっていけば、そこらの料理屋で食べられる日も来るじゃろ。

八百屋《やおや》で野菜、山菜なども仕入れ【無限収納《インベントリ》】に補充していく。ハーブ類も欲しかったので店主に聞いてみると、そのほとんどが薬草扱いの為に薬師の店かギルドで取り扱っておるらしい。そっちに行くことを勧められた。

明日商業ギルドへ行く時に、一緒に仕入れるのが良さそうじゃ。香辛料ももしかしたらあるかもしれん。もう少し種類を増やせると、カレーに辿り着けると思うんじゃよ。

久しく食べていないから食べたくてのぅ……思い出したら無性《むしょう》に食べたくなったので、

屋台で買った串焼きを赤唐辛子とピメントでアレンジして我慢した。

今ある手持ちでカレー風のモノをとなると、カレーパンが精々《せいぜい》。どうしようか迷ったが、作ってみることにした。パン生地は作ったことがないのでパン屋で頼みこむと、成形する直前までいったパン生地を分けてもらえた。【無限収納《インベントリ》】に仕舞いこんどく。

ルーチェたちはまだ屋台巡りをしたいようじゃからな、カレーパン作りはあとの楽しみとしとこう。

パン、串焼き、汁物など気になったものを端から試す儂らは、街の者の注目の的じゃった。ただどれも今一歩だったので、微妙にアレンジを施している。

パンに串焼きと野菜を挟んで、マヨネーズを追加して食べる。それだけのことが珍しかったのか、串焼き屋台の主はパン屋へと走っていた。

儂らが立ち去ったあとの屋台は、どこも普段より売り上げがかなり良かったようじゃった。


買い物を終えて宿に戻り、調理場を借りられないか交渉すると、問題なく貸してもらえた。以前のドレッシングの件があるので、主人も協力的なのかもしれんな。

「まずは中身から作るかの」

【無限収納《インベントリ》】から取り出した豚肉を細かくなるまで叩く。玉ねぎはみじん切りにして炒め、色づいたら叩いた豚肉も入れて一緒に炒める。香辛料と塩で味を調えて冷ませばカレーパンのタネの完成じゃ。

調理場にスパイスの香りが広がり、鼻と腹を刺激してくる。

「じいじ、それだけで食べちゃだめなの？」

「ん？　これをパンに挟んだり、ごはんと一緒に食べたりしても美味いぞ？　試してみるかの？」

「うん！」

ドライカレー風のタネを差し出せば、ルーチェから笑顔がこぼれる。

「おいしー！　これで十分じゃない？」

「まだ美味しくなるんじゃよ」

「アサオ殿、我らにも少しくれないか？　匂いがこちらまで届いて我慢ならん」

調理場に入れず、宿の隣にある厩舎にいるロッツァから声がかかる。

「ルーチェ、運んでくれるか？　ロッツァ、クリム、ルージュの分じゃ」

「はーい」

ルーチェが調理場から出て皿を運んでいく。

「アサオさん、これ宿で出してもいいですか？」

それまで無言だった主人が言う。

「構わんが、香辛料は高いじゃろ？」

「使う量は少ないようですから、私たちでも十分再現できると思います」

「まぁ無理せんならいいんじゃがな」

主人は別口のコンロで早速料理にとりかかる。今夜からはこの宿にドライカレー風のメニューが並びそうじゃ。

さておき、出来上がったタネをパン生地で包んでいく。

今のタネをそのまま包んだ円形のものと、辛《から》みを足した楕円形《だえんけい》のものと二種類作る。パン粉を付けて油でからりと揚げれば完成じゃ。その揚げ上がりを見計《みはか》らったかのようにルーチェが戻ってきた。

「じいじ、それは？」

「カレーパンじゃよ。さっきの具をパンで包んで揚げただけなのにもっと美味いんじゃ」

「食べていーい？」

「一個だけな。食べたらロッツァたちにも持ってってってくれるか？」

「はーい。皆で食べないとダメだよね」

主人にも一つ渡すと、熱々をそのまま頬張りおる。

「あつっ！　でもこれは！」

「美味いじゃろ？　中にチーズを入れてもいいいんじゃ」

儂はカレーパンを揚げながら、目を細めてその様子を見る。ゆで玉子やチーズの追加、野菜だけのタネなど様々なアレンジを教えると、主人は目を輝かせおった。

「じいじ、いろんなの作ろう！　これものすごくおいしい！」

「そうじゃろそうじゃろ。カレーパンは美味いからのぅ」

「アサオさん、これもうちで出していいですか？　宿での食事としてだけでなく、持ち帰りの食事としても十分売れます」

「構わんよ。儂は料理を作っただけで、あとはお任せじゃ」

ロッツァは辛口カレーパンを、クリムはそのままカレーパン、ルージュはご飯にタネをのせたドライカレー風を気に入ったらしく、それぞれおかわりを頼まれた。

残りもどんどん揚げては【無限収納《インベントリ》】へ仕舞う。【無限収納《インベントリ》】の中では、いつまでもあつあつのまま出番を待てるでな。

宿の前には、カレーの匂いに釣られた冒険者が列をなしていた。まだ開発途中の料理だと主人から告げられると、落胆《らくたん》の表情を浮かべて冒険者たちは去っていく。

ただ、宣伝効果は抜群だったようで、出来上がったら必ず食べに来ると息巻いておった。

その後も、儂が揚げている間は同じことが繰り返されとった。

《 45 紅茶を売ろう、再び 》

商業ギルドのビルとの約束の日。朝食を済ませたあと、早速商業ギルドへと足を運んだ。取引の間、ルーチェたちは宿で留守番じゃ。

ギルドに入り、以前と同じ嬢ちゃんに挨拶をすると、すぐさまビルが顔を出す。

「おはようございます。朝早くから足を運んで頂いてありがとうございます」

「なに、少し別の話もあるから早く来たんじゃよ」

「では部屋に案内致します。どうぞこちらへ」

前回と同じ応接室へと通されると、中にはネイサンがいた。挨拶だけ済まし、すぐに紅茶の取引を始める。

「アサオさん、今回はいかほど譲っていただけますか？」

「前回と同じ1万ランカじゃ。単価も同じでな」

「ありがとうございます。マスターは代金をお願いします。私は計量をしますので」

挨拶以外は話さないネイサンに指示を出すビル。やっぱりギルマス交代していいじゃろ。

ビルの前に茶筒を出していく。計量も順調に進み、すぐに清算となって代金2300万リルと交換した。

「良い取引をありがとうございました。それで、アサオさんのお話とはなんでしょうか？」

「香辛料とハーブが欲しいんじゃ。スールでは何があるかのぅ？」

「当ギルドで扱っている香辛料は胡椒だけですね。ハーブのほうは数を取り揃えていますが」

「ならハーブを貰おうかの」

「分かりました。ハーブでしたら受付でお渡しできますので、行きましょう」

ビルに促されて応接室をあとにする。ネイサンが余計なことをする前にここを離れたいんじゃな。そういう考え方がひしひしと伝わってくるわい。

「ハーブはどんなものをお求めですか？」

「料理に使いたいんじゃよ。いろいろあるならひと通り見てから決めるかのぅ」

「ハーブを料理に……ですか？　いくつかは使えると聞きますが、興味深いですね」

結局受付には戻らず別室に案内された。見本を持ち歩いてるわけではないので、ハーブの保管庫に連れてこられたようじゃ。

「うちが扱っているのはここにあるものだけです。ご覧《らん》になって説明が必要ならおっしゃってください」

端から鑑定していくと、そのほとんどが食用で知られるものばかりじゃった。ミント、セージ、ローズマリー、ローリエ、バジル……

「どれも使えそうじゃな。生も乾燥もあるとは嬉しいのぅ」

「冒険者ギルドに採取依頼を出していますからね。どちらも数が集まり、自《おの》ずと質も良くなるのです」

自信があるようで、ビルは満面の笑みを浮かべている。

「全種類、生と乾燥を1000ランカずつもらおう」

「そんなに買っていただけるとはありがとうございます」

目を輝かせて更に笑顔になるビル。

「そうじゃ、木の根っこのような形をした黄色い薬の材料はあるかの？」

「あります。それもお買い求めで？」

「そうじゃ」

「では一緒にご用意しますので、受付にてお待ちください」

ビルは保管庫の職員に言付《ことづ》けをすると、すぐ戻ってくる。儂と一緒に受付へ戻るみたいじゃ。

「少々お待ちいただくかと思いますが、他になにかありますでしょうか？」

「んー、魔法の付与されたナイフを手に入れての。使い道がないから売りたいんじゃが、可能かの？」

「それは冒険者ギルドの案件ですね。紹介しましょうか？　弟がいますので」

そういえば名前の似とる人物がいたのぅ。

「買い取り担当なので多少話を聞いてくれると思いますよ」

ビルから一筆したためた手紙を笑顔で渡される……これは行かなきゃダメじゃろな。

「ありがとうな。ここを出たら行ってみるかの」

「魔法が付与された武器などは、普通の武器の二倍の価格になります。良いものを得られましたね」

そんなにするのか。付与に失敗さえしなければそれだけで十分生活できるのぅ。

「アサオさん、準備が出来ましたのでこちらを。全部で47万リルになります」

代金を手渡し、ハーブをもらう。二十種類を超えるハーブをそれぞれ生と乾燥じゃからな。量も代金もかなりになるが、それでも胡椒と比べれば安いもんじゃ。

「良い取引をありがとうございました。またの機会があれば宜しくお願い致します」

「こちらこそありがとうじゃ。またな」

笑顔で見送られて商業ギルドを出ると、その足で冒険者ギルドに移動する。

紹介状を受付に渡すと、ビスが姿を見せる。

「おや、アサオさんでしたか。どうされました？」

「ビルから紹介されてのぅ。魔法の付与されたナイフを手に入れたから売りに来たんじゃ」

「ご自身で使わなくていいんですか？　……あぁ、アサオさんは魔法専門でしたね」

「そうじゃ。いらないものを持ち歩くのもなんじゃからな、売り払いたいんじゃよ」

受付台の上にナイフを五本並べる。元は盗賊のナイフなので安物なんじゃが、いくらになるかのぅ。

「失礼します。素材自体は普通ですね。これは《加速《クイック》》ですか。こちらは……」

ナイフを手に取って眺めるビス。鑑定しているのかひと目で付与された魔法を見抜いていく。

「ほう、《鑑定《エヴァルア》》が使えるんじゃな」

「えぇ、買い取り担当ですからね。《鑑定《エヴァルア》》を使えないいんじゃできませんよ……どれも実用性のある付与効果ですね。素材が普通ですので全部で2万リルになりますが、よろしいですか？」

「それで頼むのじゃ。思った以上の値がついたわい」

そうして代金をもらいギルドを出ようとすると、後ろから声をかけられた。

「その服装……やっと見つけたぞ、クソ爺！」

振り返れば、どこかで見たことのある男が立っておった。

《 46 どこの世界にも腐った奴はいるもんじゃ 》

「お前に襲われて、無実の罪で犯罪奴隷《どれい》になるところだった冒険者だ！　忘れたとは言わせねぇぞ！」

「……誰じゃ？」

……そんな奴おったかの？

男の後ろではビスが唖然《あぜん》としていた。その横の嬢ちゃんは男と儂に見覚えがあるのか、青ざめた顔をしながらすぐさま奥へ引っ込んでいく。

「そんなことあったかの？　どこで会ったんじゃ？」

「この街を出てすぐのところだ！　俺が魔物のなすりつけをしたと罪をねつ造しやがって！」

「あぁ、あの時の馬鹿か。あれは正真正銘《しょうしんしょうめい》のトレイン行為じゃろ。《記録《レコード》》をまた見せたほうがいいかの？」

「それがねつ造だって言ってるんだ！　一般市民がそんな魔法を使えるはずないからな！」

男は剣に手をかけてはいるが、こんなところで抜けば一発で捕まるぞ。

「バスラ、そこまでだ！」

男の声が響く。さっき奥に消えた嬢ちゃんと一緒にギルマスが現れていた。

「……これはどういうことじゃ？　前に言ったことが守られてないということかの？」

「……説明させてほしい。部屋まで来てもらえないだろうか？　バスラ、お前もだ！」

「ふんっ！」

唾のように舌打ちを吐き捨てた男は、そのままギルドから出ていった。

儂だけ執務室に通されると、ギルマスはすぐに頭を下げる。

「申し訳ない！　犯罪奴隷になるはずだったあいつが未だに冒険者をしているのには、理由があるんだ」

「そりゃ理由もなく野放しだったら大問題じゃろ。今の時点でもかなり問題なのに」

儂は呆れ顔でギルマスの頭を見下ろす。

「……バスラはただの冒険者ではなかったんだ。貴族の次男坊……の親友なんだ。それで貴族が出張ってきてな。冤罪《えんざい》で人を貶《おとし》めるのかと言ってきてな。それで今は仮釈放《かりしゃくほう》中になっている」

「ふむ。その家を潰してくればいいんじゃな。今から行くぞ」

「はっ？」

小太りなギルマスの首根っこを捕まえて引《ひ》き摺《ず》って、ギルドを出ていく。

「その貴族の家は分かるんじゃろ？　早く案内せんか」

「ま、待ってくれ！　普段はまともなんだよ。ただ親バカで息子に激甘《げきあま》なだけで」

「その親バカのせいで迷惑を被《こうむ》っとるのはこっちなんじゃよ。そんなの原因ごと潰すのが一番じゃ」

「《記録《レコード》》を見せれば納得するはずだ！　だから短気は起こさないでくれ。頼む！」

引き摺られながらも頭を下げるギルマス。器用じゃな。

「……話を聞かないようなら、まとめて縛って警備隊に突き出すからの」

そのまま案内させると、大きな邸宅《ていたく》に到着した。

ギルマスを前に出し、当主との面会の場を設《もう》けさせる。先約がどうの、時間がどうのと言っておったが、青ざめたギルマスに押し切られる形となった。

面会できる時間はかなり短いらしいが、《記録《レコード》》を見せて問い質《ただ》すだけじゃからな。何の問題もない。

「イエイリオ家に何用かね？」

「お前さんの馬鹿息子の友達を犯罪奴隷にしなかった件での。これを見ても同じことが言えるのか聞きたくて来たんじゃ」

有無を言わさず目の前で《記録《レコード》》を発動させる。

「これは！」

「これでも冤罪と言えるのかの？　どうなんじゃ？」

「今すぐバスラを連れてこい！　これは証拠《しょうこ》のねつ造などではない！　正真正銘《記録《レコード》》

の魔法だ！」

額に青筋《あおすじ》を浮かべた当主は、使用人に強い口調《くちょう》で指示を飛ばす。

「申し訳ない。息子の友達だからと言葉を鵜呑《うの》みにした自分が馬鹿だった。この後のことは――」

「任せられる訳がないじゃろ？　同じことを繰り返されたらたまったもんじゃないからの。少し待っておるといい。連れてきてやるから」

そう言い捨てると、儂は部屋を出る。《索敵《レコナ》》により居場所はもう分かっとる。逃げればいいものを、酒場にいるようなのですぐじゃ。

酒場に入り、《束縛《バインド》》と《麻痺《パラライズ》》で馬鹿の身柄《みがら》を確保。酒場の主に謝罪し、何かあればイエイリオ邸か冒険者ギルドへ来るように伝え、馬鹿を引き摺りながら踵《きびす》を返す。

四半刻と経たずにイエイリオ家に戻ってきた儂は、当主の目の前に馬鹿を転がした。

「儂の目の前で、この後やろうとしてたことをやってくれんか？」

そう促すと、当主は落胆の表情を浮かべた。

「……バスラ、お前の言を信じた私が馬鹿だったよ。この方の《記録《レコード》》は本物だ。言い逃れはできない。お前は一般市民になすりつけをした。更にそれを逃れる為に謀《たばか》った」

絶望《ぜつぼう》を顔に滲ませる馬鹿《バスラ》。

「親友の忘れ形見《がたみ》だと思い、息子と同じように大事に育てたのだがな……私が間違っていたようだ……警備隊に突き出せ。この書状に全てを記してある。一緒に渡せ」

顔を歪《ゆが》めながらも使用人に指示を出しきる当主。

「申し訳なかった。息子らも馬鹿だったが、私も馬鹿だったようだ。此度の件はこれで納得してもらえただろうか」

「納得はせんが、理解はしよう。今後、あの馬鹿《バスラ》が原因の被害がなくなるからの」

当主は目を閉じて項垂《うなだ》れる。

「もう用はないから儂は帰るぞ」

それだけ言うと屋敷をあとにし、宿に戻る。


後日知れ渡ったことだが、バスラはイエイリオ家の次男にたかりとゆすりをしていたそうじゃ。

当主の言ってた通り、バスラは親友の息子だったので、次男坊と一緒に育てていたんだと。庶民じゃったその親友はイエイリオ家の嫡男《ちゃくなん》と次男を賊《ぞく》から守って、命を落としたという。そのことに恩義《おんぎ》を感じた当主が大事に育ててくれたのに、何を勘違いしたんじゃろうな、あの馬鹿《バスラ》は。

犯罪奴隷になると知り、もう会うこともないだろうと喜んでいた次男坊じゃったが、更にゆすられて命の危険を感じ、やむなく親にバスラは無実であると進言したんだそうな。

親に自身がいじめられていたとは言いにくかったんじゃろう。これを機に、変われると良いんじゃがな。

《 47 街を出るまでに 》

「あと何日かでレーカスに向かおうかと思うんじゃ」

宿へ戻るなり、部屋でくつろいでいたルーチェに宣言する。

「いいんじゃない？　あんまり面白いものないみたいだし」

目新しいものがほとんどないスールの街に飽きてきたようで、ルーチェも同意してくれた。

「それまでは買い物と料理の追加じゃな」

「ホットケーキとかりんとうを沢山作っておかないとだね。またお店やるかもしれないでしょ？　私たちの分は残さなきゃダメだからね」

あの時の喫茶店ではかなりの量が出たからのぅ。確保に余念がないんじゃな。

レシピを使用料代わりにまた調理場を貸してくれるよう頼んでみると、主人は快諾《かいだく》してくれた。

かりんとう、ホットケーキなどの軽食。トマトソースなどの調味料。その他の単品お手軽料理。

いろいろ作っていく傍らで主人が目を輝かせとる。この街ではまだ誰も提供していないメニューばかりじゃからな。新しい調理法が気になる料理人としての顔と、儲けを考える商人としての顔、どちらもしっかり見えるのぅ。

以前教えたドレッシングもいくらか種類が増えてたから、発想は良さそうじゃ。これなら基本を教えるだけでどんどんアレンジしてくれるじゃろ。来るか分からんが、次来た時にはかなり充実しとるかもしれん。

匂いに釣られた客が食事を欲しがったので、提供する。宿屋としてだけでなく、食事処としても充実しとるみたいじゃ。

その手伝いをしながら料理補充をすること数日。旅立ちの朝を迎えた。

この数日間は、商人ではなく料理人アサオになっていた。

予想を超えて連日の大賑《おおにぎ》わいを見せていたので、主人も嬉しい悲鳴をあげておった。難しい料理や手の込んだものは一切ないので、儂らがいなくなっても問題ないじゃろ。この賑わいがまだまだ続くようなら人を雇えば良いし。

「アサオさん、お世話になりました」

朝も早くに主人自ら見送りをしてくれる。

「いやいや、こっちも料理を沢山持てたからの。世話になりっぱなしじゃ」

「いえいえ、アサオさんがいなかったらてんやわんやでしたよ。新しい料理を教えてもらい、更に手伝ってもらうなんて主人失格ですけどね」

　男二人でお辞儀を繰り返す。

「何してんの？　じいじたちは」

「分からん。何かの儀式か？」

　不思議そうにその光景を見ている二人と二匹。クリムたちは相変わらずのきょとん顔。

「宿代も頂いていたのに」

「それは前金より長く泊まったんじゃから当然じゃよ。もしまだ余ってると思うなら、次の為にとっといてくれんか？　また来るかもしれんからの」

「……分かりました。その時までお預かりということで。必ずまたいらしてください」

「なら儂らはこれで行くかの」

「いってらっしゃいませ。お元気で」

　深々と頭を下げる主人に見送られながら、儂らはスールの街をあとにした。

　次なる目的地はレーカス海岸。馬車で南東へ数週間かかる旅程じゃ。

「さて、ロッツァだと何日で着くんじゃろうな」

「七日もあれば着くだろう」

　ぼそっとつぶやいた儂の言葉に、即座に反応するロッツァじゃった。

《 48　いざ行かん 》

「いやロッツァさんや。別に急がんからな？」

「なんだ。早く着きたいからああ言ったものだと思ったのだが」

「のんびり行くのも旅じゃよ。ジャミの森へ行った時みたいに、のんびりと走るとを一日交替でどうじゃ？」

「……そうだな。走るだけだと狩りもできんし、それでいこう」

いや、狩りの為に言ったんじゃないんじゃが……納得してくれたんならまぁいいかの。

「きまったー？」

馬車から年少組がひょこっと顔を出す。

「今日はのんびりでいこうかの。走っていく時も、盗賊のアジトとゴブリンの巣は殲滅するがな」

「はーい。じゃあ今日はしっかり戦えるね。見たことないのいるかなぁ。いやそれより、強いのほうがいいのかな？」

期待に胸を膨らます五歳児と、その横であくびをする子熊たち。

のんびり街道を歩き、巣やアジトを見つけたら道を逸れて潰しに行く。寄り道しながらの徒歩では必ずしも集落や村に辿り着けるはずもなく、野宿となる。ただ、野宿のほうが村や街より食事がぐんとよくなる、という普通はあり得ないことが起こっとる為、誰一人として野宿に何ら苦労もせず嫌悪感《けんおかん》も湧かんかった。

「じいじ、今日は焼き魚？　焼肉？」

ゴブリンを蹴り倒しながらルーチェが夕食の献立を聞いてくる。余裕じゃな。

「煮豚か煮鶏にしようかのぅ。焼き物ばかりだと飽きるじゃろ」

「なら唐揚げでもいいのではないか？」

「……そうじゃな。煮込みは今日作っておいて明日以降に食べられるしのぅ。唐揚げにするか。何肉でやってほしいんじゃ？」

献立を決めながらゴブリンを伸《の》していく。

ルーチェが突き出された槍を避け、上段蹴りを叩き込む。

振り下ろされた棍棒《こんぼう》をものともせずに、ロッツェがゴブリンの胴体を噛み千切《ちぎ》る。ルージュが体当たりで転がしたゴブリンの首筋に、クリムが噛みついて骨ごと噛み砕く。そして儂はそもそも近寄らせず状態異常で黙らせる。

それぞれの得意な手段で巣を壊滅《かいめつ》させていった。

巣をあとにする段になっても、儂らはまだ献立を決めかねていた。

「私は蛇肉がいいかな」

「我は猪肉がいい」

言葉を発せないクリムたちに食材を見せると、魚を指し示す。

見事に分かれたのぅ。今後の為に多めに作って仕舞っておこうかの。

夜、儂対二人と二匹連合の夕食対決の火蓋が再び切られた。

蛇、猪、鶏、魚の下ごしらえを済ませ、次々揚げていく。揚げたそばから吸い込まれるように各自の胃袋へ消えていき、皆自分の希望した唐揚げ以外も実に美味しそうに食べる。

作るほうの儂は儂で、甘酢にからめたりネギダレをかけたりと味も変えていく。

揚げ続ける間に、次の仕込みを始める。

唐揚げ丼じゃ。タレをかけたものと卵とじのもの、両方を用意しとる。

ついにルーチェたちの手が止まり、絶えず作り続けた儂の圧勝で対決は終わった。

その後、明日以降の為の煮鶏と煮豚を仕込みついでに、食べたくなったすいとんを作る。

粉と水を混ぜて団子状にしたものを鍋に投げ入れるのは、ルーチェの役目。これまでは何もしないでただ食べるだけだったから、少しだけ成長したみたいじゃ。

「じいじ、これ味見必要だよね？」

先ほどまでの満足げな表情とは少し違う輝きを、目に宿らせるルーチェ……違う成長のようじゃ。

「我も味見を手伝おう」

そう言ったロッツァに同意するかのように子熊二匹も頷く。これ、味見で済まんじゃろ。

皆の前に置いたすいとんはぺろりと完食された。鍋に残ったのは元の半分足らず……明日の朝食には足りそうじゃな。

味見の範囲が拡大される前に、煮鶏と煮豚を【無限収納《インベントリ》】に避難《ひなん》させる。食べきられたら困るからのぅ。明日以降の食事の確保に余念がない儂じゃった。

《 49 その後も続くよ盗賊狩り 》

レーカスまでの旅程はまだまだある。

その間、予定通りのゴブリン、盗賊狩りは続いていくが、人質がいた場合の保護を考えて最速での殲滅をしていたので、いささか戦力過多《かた》じゃった。ここまでせんでも討伐速度は十分じゃや。

なので、全員間接攻撃限定で撃破《げきは》、捕縛と少し制限をしてみた。ダンジョン内で戦った巨鳥のような相手に後れをとらないためにも、やる価値は十分あると思うんじゃよ。勿論、得意分野を伸ばすのは大賛成じゃ。その上でやれないことをなくすというのが狙いなんじゃよ。

得意な者に任すのは悪いことではないが、それが続くと自分が足手まといになったように感じるじゃろ？　それをなくしたいんじゃよ。まぁ儂以外は直接攻撃型しかおらんのが原因なんじゃがな……

ロッツァは初期魔法をいくらか使えるので、それの修練《しゅうれん》。

ルーチェは石でも投げればいいじゃろ。相変わらず魔法は苦手みたいじゃからな。生活魔法は使えるようになったんじゃが……まぁおいおいやってこうかの。

クリムたちは間接攻撃よりまずは手加減を覚えるところからじゃ。魔物として生きるなら手加減などいらんはずじゃが、儂らと一緒に旅するなら必要じゃろう。間違って殺しちゃったなんてことになった時に『てへっ』と笑って誤魔化《ごまか》すのは無理じゃからな。

「じいじ、石投げるの難しいね。当たらないよ」

「まぁそうじゃろな。ゴブリン相手に練習じゃ。当たり所が悪ければ死ぬから、盗賊相手には慎重《しんちょう》にな」

「はーい」

まだヒトを手にかけるには早すぎるからの。ヒト型のオーガやトロールならまだしも、会話ができるヒトはダメじゃ。

「我も魔法は苦手だ」

「ロッツァは弾き飛ばして噛みついて、でカタがつくからの。ただ、苦手な相手だからと指を咥えて見とるのは嫌じゃろ？　今までは余裕で倒せる相手ばかりじゃったが、これから先もそうとは限らんからの。ロッツァに魔法があれば生き残る確率が増えるかもしれん。その時の為じゃよ」

「……そうだな。我もアサオ殿の仲間だ。共に生きる、生き残る為の修業が必要だな」

分かってくれたようじゃ。ノームのように肉弾戦からいきなり魔法を使えば、相手も次の一手をを読み難いじゃろ。一撃必殺とまではいかなくても、牽制できるだけで十分生存率が上がるからの。

クリムたちは二匹揃ってつぶらな瞳で見つめてくる。

「お前さんたちは手加減を覚えることから始めようかの。魔法が使えるか分からんし、物を投げられるようには見えんからな」

よく分からないようで首を傾げる。かわいいのぅ。

「殺しちゃダメなのは殺さないようになるんじゃよ。こんな風にな」

そう言った儂は、ゴブリンの振り回すナイフをかわし、首筋へ手刀を落とす。

「死んでないじゃろ？　今のは無理にしても、爪をひっこめた状態で腹あたりを殴ればできるはずじゃ」

くずおれたゴブリンを前足でてしてし叩き、様子を窺うクリム。ルージュは鼻を近づけて匂いを確認するが、臭かったようで、顔を顰めてすぐにゴブリンから離れた。

「ゴブリン相手に何度かやれば覚えるじゃろ。お前さんたちは賢いからな」

頭を撫でながら優しい目を向けると、二匹はこくりと頷いてゴブリンに向かい歩き出した。

「さて、儂は皆とは逆に接近戦を試すかの。ステータスに頼ったごり押しだけじゃそのうち限界が来るじゃろ」

スキル、ステータス以外の身体に沁みついたものの差が生死を分ける。常にできることをする。打てる手を打つ。それがひいては『いのちだいじに』に繋がる。

そう思い、皆と自分に課題を出し、こなしていくのじゃった。

《 50 村からの謝礼《しゃれい》 》

ロッツァに走ってもらい距離を稼ぎ、浮いた時間分のんびり歩いて道草を食う。見つけた盗賊たちを退治しつつな旅は、それでも普通の旅程の倍以上の速さで進んでいた。

今日も今日とてゴブリンの巣を潰すと、久しぶりの人質を見つける。女性が三人に女の子が一人。更に珍しいことに若い男が一人いた。メスゴブリンの相手をさせられていたそうじゃ。なんでゴブリン同士じゃダメなのかのぅ。

「《快癒《ヒールオール》》、《清浄《クリーン》》」

全員の傷を癒し、身綺麗にする。人質だった五人はこれだけでも驚きの表情を見せるが、そのあと街ですら見たことのない料理を渡され、更に驚愕しておった。

最初は訝しんでいたんじゃが、ひと口食べるとあっという間にぺろりじゃったよ。

皆一様に近隣《きんりん》の村から連れ去られたようなので、送り届ける。女の子の村が一番遠かったので最後になってしまい、日が暮れ始めた頃にようやく辿り着いた。ロッツァの本気走りならとっくに着いとるんじゃが、そうそう見せるわけにもいかんからな。

村にはかがり火が焚《た》かれており、火を嫌う魔物などが近づかないようになっとった。出迎えた女の子の両親は目に涙を浮かべながら我が子を抱きしめる。ひとしきり涙を流したあと、儂らに深々と頭を下げ、せめてものお礼にと一晩の宿を貸してくれた。

小さく、豊かではないが、平和な村じゃった。そんな村から女の子が連れ去られ、痕跡《こんせき》からゴブリンの仕業《しわざ》と分かったが、冒険者を雇う金も己で助け出す力もない。諦めたくはないが諦めるしかない、となったところに戻ってきたんじゃと。最悪の事態にならんで良かったわい。

翌朝、朝食をとりながら両親と話すと、村の特産品を教えてもらえた。近くに森があるから木工品や木の実が豊富で、両親ともに木工職人だそうじゃ。

なので、これから未来を担《にな》う子供たちの為に一つ考えてたものを作ってもらい、お礼代わりとしてもらった。

一辺10センチ足らずの薄い板に数字と記号を書くだけの、簡単なモノじゃ。それを沢山作って、遊びながら計算を覚えられたらいいんじゃないかと思っての。

あと、同じ大きさの板の表に絵を描き、裏にその頭文字なり名前なりを書いた、かるたか知育パズルみたいなモノ。本当は犬棒かるたみたいなのにしたかったんじゃがな、それはこの先どこかで作るとしようかの。

どちらも子供が遊びながら学べるモノなんじゃないかと思っての。

それに新たな特産品になれば、この村ももっと豊かになるじゃろ？　子供たちの識字率《しきじりつ》や計算能力の向上も先々役立つじゃろうからな。

村の周りを綺麗に大掃除している間に、いくつか作ってもらう。どちらにも利があるから良い案のはずじゃ。その為に何日か厄介になろうと思っとる。

親御さんから村長に伝えられ、そのまま了承された。しかも村の職人総出《そうで》で作ってくれることになったので、思った以上の反響っぽいのぅ。まぁ自分たちの子供も使うモノじゃしな。

「アサオさん、これでいいんですか？　もらった見本の通りに作ってはみたのですが……何分初めて作るので勝手が分からなくて」

少しして、職人が自作したものを見せに来る。

「うむ、大丈夫じゃろ。ただ削り残りのバリはしっかり取らないと子供たちが怪我するからの。まぁ、そのあたりは儂より良く分かっとるじゃろう」

大きさもある程度揃えられており、絵も数字もちゃんと描かれている。多少、絵や数字にばらつきがあっても、そこはご愛敬じゃな。絵だけを専門に描く人がいるといいかもしれん。

今は黒一色じゃが、絵の具のようなものがあれば見た目も華《はな》やかにできるのぅ。まぁ、自分たちで試行錯誤してもらうか。木の実や山菜、野草を染料《せんりょう》にする知識もこそっと教えといたから、そのうちなんとかなると思うわい。


それから数日の間に、かなりの数のかるたパズルが出来上がった。周囲の大掃除も終えたので、かるたを受け取って村をあとにする。

「被害者を減らすためにもやはり大掃除は続けるべきじゃな」

ルーチェと近い年頃の女の子が被害にあうという事実から、ゴブリン、盗賊の壊滅を一層心に誓《ちか》う儂じゃった。

《 51　レーカスに着いた 》

村を出て三日が経った。

相変わらず盗賊、ゴブリンの相手は続けておる。大きな街が近いからか、徐々に数は減っていく。ただ、その強さも少しずつだが上がっていた。儂らから見れば微々たる差でしかないんじゃがな。

数をこなしたおかげで、ルーチェは投擲を覚え、ロッツァは初期攻撃魔法がちゃんと使えるようになっとった。クリム、ルージュも手加減を覚え、盗賊を殺《あや》めとらん。ゴブリンは一切の躊躇《ちゅうちょ》なく、殲滅してるがの。

見かけた人質は老若男女《ろうにゃくなんにょ》合計十三人。もともと住んでいた村にそれぞれを送り届けたので感謝されとる。そのうち三人ばかりいた冒険者の女の子パーティがレーカスまで一緒に行きたいと言うので、今は同行してるんじゃ。そのせいでロッツァの本気走りは封印じゃがな。それでもあと数日あれば着くじゃろう。

冒険者パーティには馬車の中でおとなしくしてもらい、その間も盗賊、ゴブリンの殲滅は続く。

レーカスが見えた時には、女性冒険者が七人に増えておった。男性冒険者は抵抗して全員殺されてしまったそうじゃ。【無限収納《インベントリ》】に入っている遺品《いひん》は街に着いたら全て返そう。

人質を帰したそれぞれの村に預けた盗賊団が、合わせて十四。盗品は戻った女性たちの当面の生活費にでもできるし、村の自衛《じえい》代の足しにもなるじゃろ。

潰したゴブリンの巣に至っては軽く四十を超えていた。儂らは冒険者ではないからどちらについても討伐報酬が出ないが、別に構わん。それより潰すこと自体が大事なんじゃよ。

レーカスに到着すると、身分証を見せて入ったんじゃが、若干疑われておったわい。まぁ馬車の中は大人の女性が七人に子供が一人、あとは子熊が二匹じゃったから、奴隷商かと思われたんじゃろうな。

ただその女性たちは身綺麗で血色が良かった上、本人たちが「救助された」と言ってくれたからの。すぐ嫌疑《けんぎ》も晴れて、大手を振って街に入れたんじゃ。

「じゃあ皆、達者《たっしゃ》でな」

「ばいばーい」

一様に深々と頭を下げる冒険者たちと別れ、宿を目指す。

門番に紹介された宿で厩舎を見ると、どうにも狭い。クリム、ルージュなら問題ないが、ロッツァには狭すぎた。その前に、クリムたちに怯《おび》えたのか、厩舎の中が大騒ぎになっておった。馬たちは本能でこの子らの強さを察したんじゃろな。

よそ様に迷惑かけるわけにもいかないので、貸家《しゃくや》を当たるべきじゃな。

「宿ではなく、家を借りたほうが良さそうじゃ」

「厩舎狭かったもんね。あんなところじゃ可哀そうだよ」

幌馬車を商業ギルドに横付けし、ルーチェたちには外で待っていてもらう。

「すまんが、庭付き一軒家を短期で借りたいんじゃ。そんな物件あるかのう？」

空《あ》いている受付に行って声をかけると、男性職員が応対してくれた。

「ギルドカードか身分証をお願いします。一軒、短期貸しですと、二週間ごとの更新となりますがよろしいですか？」

渡したカードを照会しながら簡単な説明をしてくれた職員へ、アディエに貰った紹介状も手渡すと、驚きの表情を浮かべた。紹介状に驚いたのか、売買履歴《ばいばいりれき》に驚いたのか分からんな。

「アサオ様。ギルドマスターのもとへ案内いたしますので、ご同行いただけますか？」

ただでさえ丁寧だった応対が、輪をかけて丁寧になる。

「一緒に行くのは良いが、そんな大層な身分じゃないぞい」

「いえ、アディエ様の紹介状をお持ちとなれば相応の応対をいたしませんと……」

「そんなもんかの？」

ここの建物も造りは大きく変わらないようで、華美《かび》な装飾はなく、それでも設《しつら》えの良い棚などの置かれた執務室に通される。中には女性が一人。机で書類を整理していた。

「貴方がアサオさんですか。アディエとイルミナから届いた文に書かれていた通りですね」

にこりと優しそうな笑みを見せ、彼女は椅子から立ち上がる。

「アサオ・セイタロウじゃ。どんな風に書かれてたかは聞かんほうが良さそうじゃな」

「悪いことは書かれてませんでしたよ。一本芯《しん》の通った気骨《きこつ》あるご老体で、少しだけ茶《ちゃ》目《め》っ気《け》があるとしか。ご本人を目の前にしてご老体は失礼でしたね。申し訳ありません」

「爺なのは本当のことじゃからな……ただあんまり褒められると照れるのぅ。そのあたりでやめてくれんか」

どうにも居心地《いごこち》が悪く、頬をかく。

「ジンバックさん、案内ありがとうございました。通常業務に戻ってください。あとクルーズさんを呼んでもらえますか？　うちでもコーヒー、紅茶を仕入れたいので」

「かしこまりました。失礼します」

案内してくれた職員さんはお辞儀をしてから部屋を出ていく。

「……ところで名前を聞いてもいいかの？」

「あら、私としたことが失礼しました。レーカス商業ギルドマスターを務めるウコキナと申します。アディエ、イルミナとは同期になります」

笑顔を崩さず挨拶をするウコキナ。名刺でもあればスッと差し出してきそうじゃな。

「女性ギルドマスターが多くて驚いているかもしれませんが、全体から見ればかなり少数で異例なんですよ。なのでこの近隣に集められたのかもしれません」

その笑みが苦笑へと変わっていく。女性だろうが男性だろうが有能な者がなればいいと思うんじゃが……いろんなしがらみがあるんじゃろうな。家格やら身分やら大変そうじゃ。

「真っ当な取引を誠実《せいじつ》にこなしてもらえるなら、男でも女でも関係ないがの」

「そんな風に考えてくれる方は少ないいんですよ。なのでアディエたちは私にアサオさんを紹介してくれたんです」

そんな意図もあったんじゃな。

「儂としては、商売の前に家を借りたいんじゃ。その為にギルドに来たら、ここに通されての」

「そうでしたか。賃貸《ちんたい》物件の一覧がありますので今お持ちしますね。クルーズさんが来るまでにお見せしてしまいましょう」

ウコキナは書類の収められた棚へ行くと、迷わず一冊引き抜いてきた。その間に椅子を促され、着席する。

「大きな騎獣と小さな従魔が二匹いるから、庭付き一軒家が希望じゃ。風呂と大きな台所があるとなお良いのぅ」

「庭付きとなると街外れになりますが、よろしいですか？」

「構わん。少し歩けばいいだけじゃからな」

束《たば》の中から何枚かを抜き出していくウコキナ。

「でしたら、この辺りがご希望に沿《そ》えるかと思います。後ほどご案内しますね。現物を見ないと決めかねるかと思いますから」

「そうじゃな。よろしく頼む」

ひと通り話が終わったところで執務室の扉がノックされ、男性の声が聞こえた。

「アサオ様がお見えとのことですので、ジャレットと共に参りました」

恰幅《かっぷく》の良い小さな男性と、痩せ型の長身男性が室内に入ってくる。

「コーヒー、紅茶買い付け担当のクルーズと申します。アサオ様のお噂はかねがね聞き及んでおります」

「飲食店担当のジャレットです。イレカンでの新しいレシピには驚いてます」

直立不動で挨拶をする二人。何で軍隊みたいなんじゃ？　儂そんなに怖いかのぅ？

「ん？　レシピはもうこっちにも来とるのか？」

「ええ、イルミナが送ってくれました。それをジャレットが見て、ぜひお会いしたいと言いまして」

「多少のアレンジなどはありましたが、まったく新しい料理など久しく生まれてません。なのにイレカンだけでもあの数です。驚かずにはいられないでしょう」

ウコキナの説明に続いて、後ろ手に腕を組んで、報告するかのように話すジャレット。

「とりあえずその堅《かた》っ苦《くる》しいのをやめてくれんか？　こっちの肩が凝《こ》りそうじゃ」

「いえ、万が一にも失礼があってはなりませんので。それに自分は普段からこうですので、やめ方が分かりません」

ウコキナに目をやると苦笑いをしていた。どうやら本当のことのようじゃ。これはウコキナも注意してるのに直らない癖《くせ》みたいなもんなんじゃろ。

「私も今までの最高品質が霞むような品を見られると聞き、期待に胸を膨らませています」

クルーズは目をキラキラ輝かせて、少年のような眼差しを向けてくる。

「……家を借りに来ただけなんじゃがな。見本だけでも置いてかんとダメそうじゃな」

「「是非！」」

クルーズとジャレットは身体ごと迫り、顔を近づけてくる。むさ苦しいのぅ。

「分かった、分かった。今出すから少し離れてくれんか？　このままじゃ取り出せん」

「「失礼しました」」

即座に元居た場所へと戻る二人。

鞄から、かりんとう、ポテチ、唐辛子ソースを取り出してジャレットの前へ。コーヒー豆、紅茶がそれぞれ入った茶筒をクルーズの前に置く。

「それらの話は後日に。次来る時までに査定《さてい》などをしといてくれんか？」

「「分かりました」」

二人の興味は既に料理と茶葉、コーヒーの豆に向けられていた。

「儂としてはまず家を決めたいんじゃ。それでいいかの？」

「ええ、構いません。それでは行きましょうか」

立ち上がり、一緒に執務室を出ようとするウコキナ。

「誰かに案内させるんじゃないんかの？」

「私は不動産を主に担当してますから、ご一緒したほうが早いんです。今は先を急ぐ案件もありません。なので私がご案内させていただきます」

笑顔のウコキナと共に、儂は執務室をあとにした。

《 52　家を借りよう 》

ギルドの外で待たせていた皆と一緒に、物件を見に行く。

ロッツァを見て、大きいと聞いてはいたがこれほどとは思っていなかったウコキナが、身を固まらせる。

「あの二人を残して平気だったんかのぅ」

「……大丈夫です。仕事はしっかりしてくれる方たちなので」

「じいじ、お家決まったの？」

ルーチェが馬車の中から顔を出して話しかけてくる。

「今から借りる家を皆で見に行くんじゃよ」

「そっか。ところでこのお姉さんは誰?」

「レーカス商業ギルドマスターのウコキナと申します。アサオさんに物件を紹介する為にご一緒するんです」

「そうでしたか。ありがとうございます。アサオ・ルーチェです。よろしくおねがいします」

ルーチェが馬車の上から頭を下げる。五歳児とは思えない丁寧な挨拶にウコキナは面食《めんく》らっとる。

「随分と賢いんですね。こんな小さな子にちゃんと挨拶されたのは初めてです」

「挨拶は基本じゃからな。それだけはちゃんとするように言っとるんじゃよ」

驚いたままのウコキナに追加の一撃が入る。

「我もよろしく頼む。ソニードタートルのロッツァだ」

「騎獣も話せるのですか⁉　まさかその子熊たちも……」

ルーチェの両隣《りょうどなり》にいるクリム、ルージュをすかさず見るウコキナ。

「いや、そこは話さんよ。ロッツァが特別なんじゃろ」

吠えもしないからの。話さんはずじゃ。

「アディエたちからの文に記されていた『アサオさんならあり得る』とは、こういうことだったんですね」

「なんじゃ、それは？」

「普段通り、相手に敬意を払って接する基本を守れば問題ない。ただ『アサオさんならあり得る』と頭の片隅《かたすみ》で常に思っていなさい、と書いてありまして。今、実感しました」

そんなにあり得ないことはしとらんと思うんじゃが……

「じいじなら仕方ないね」

「アサオ殿なら当然だな」

儂へのフォローではなく、ウコキナへの援護《えんご》射撃が味方から放たれる。

「……儂は少し魔法が得意なだけの爺じゃ。どこにでもいる商人の爺じゃ」

「じいじがどこにでもいたら大変だと思うよ」

「我でも大変だと分かるぞ、アサオ殿」

ルーチェとロッツァの言葉に、クリムたちまで頷いておる。どこにも味方はいないようじゃ。

「ロッツァ、クリム、ルージュの為に一軒家にしようと思ったんじゃがな」

「うん。そもそも騎獣や従魔の為に一軒家を借りようと普通は思わないと思うよ」

「そうですね。私もギルドマスターはしばらくやっていますが、初めて聞きました。でも騎獣たちを家族のように扱うアサオさんなら、違和感《いわかん》はありませんね。長居《ながい》してもらいたい私たちにはありがたいことです」

笑顔に戻ったウコキナの優しさが沁みるのぅ。

「悪いことじゃないからいいんじゃ。お前さんたちもそうじゃろ？」

撫でながらクリムとルージュに問いかければ、二匹ともこくこくと頷く。

「我もありがたい。狭い厩舎は窮屈《きゅうくつ》で仕方ないのだ。それに食事も宿より遥かに良いからな」

「ロッツァさんたちもアサオさんの料理を食べているのですか？」

「そうだよ？　皆じいじのごはんが大好き。街で食べるのより断然《だんぜん》おいしいんだもん。クリムたちなんか生肉だと残念がるもんね」

儂に撫でられとる二匹は気持ち良さそうに目を細めていた。

「先ほど見せていただいたような珍しい料理を食べられる従魔……うらやましいです」

「落ち着いたら食べに来ればいいじゃろ。せっかく家を借りるんじゃ、それなりにこの街にいると思うからの」

「是非そうさせてもらいます。いろいろ相談したいこともありますので」

ウコキナはにこやかな笑顔を見せながらも、目だけは笑っていなかった。これはイレカンの時と同じかのぅ。

「――と、一軒目に着きました。こちらになります」

庭付き一戸建《いっこだ》て。外観《がいかん》だけなら普通の民家と変わらない。ただ庭がかなり広い……というより海岸沿いに建っているので、どこまでが庭なのかがはっきりと分からん。

「家自体は普通の民家と同じです。風呂場、台所もあります。特に柵《さく》などは設けていませんので、家の周りは全て庭と思ってもらってかまいません。残る二軒は、庭が狭い代わりに家が豪華になります」

「家はこれで十分じゃ。それなら庭が広いほうがいいじゃろ。なぁ、ロッツァ？」

「そうだな。これなら多少走っても文句を言われる心配もなさそうだ」

いや、郊外とはいっても街中じゃからな。お前さんが走るときっと問題になるぞ。

「書類上だと、どのあたりまでがこの家の庭なんじゃ？」

「東側はあの一本だけ立っている木までですね。西側はあの茂みまでです。家の裏はすぐ道路になっていまして、南は海岸付近まで続いています」

北側以外はとりあえず100メートル近くが庭のようじゃな。ただこれでもロッツァが走るとなると狭いのう。

「走る時は街の外でじゃな。もしくは海で泳ぐのがいいじゃろ。ついでに食べられる魔物を獲ってくれれば一石二鳥《いっせきにちょう》じゃし」

「ふむ、それがいいかもしれんな」

ロッツァも乗り気なようじゃから、ここにしてしまおうかの。

「他は見ないでいいから、ギルドに戻って契約といこう」

「では、このまま中で済ませてしまいましょう。鍵《かぎ》も書類もありますので」

家の中もこぢんまりとした良いものだった。広すぎず狭すぎずな庶民の家。掃除も行き届いているので埃が舞うようなこともない。

「こちらに署名してください。一週間ごとの契約となります。代金はギルドの窓口で支払ってください。明日昼までに支払ってもらえれば契約完了です」

「分かった。どうせ明日行くからの。いくつか欲しいものがあるんじゃよ」

「先に聞いてもいいですか？」

「もしあるなら時間経過するアイテムバッグが欲しいんじゃ。あとは香辛料とハーブあたりかの」

バッグは漬物の為にもぜひ欲しいんじゃ。

「え？　時間経過しないものでなく、経過するものですか？　ありますが、あれは高価な割に半端《はんぱ》な品ですよ？」

「おぉ、あるのか。ならそれを買いたいんじゃ。いくつか料理するのに使いたいからの」

「はぁ……分かりました。大きさ別にいくつか見繕《みつくろ》っておきますね。あと香辛料も見本を用意しておきます」

ウコキナは納得してないようじゃな。明日、現物を見せるのが分かりやすいじゃろ。

「コーヒーも紅茶も一万ランカまでは卸せる。相談しておいてくれるか。そうしてくれると手間が減って助かるでな」

「分かりました。では明日お待ちしてますね。受付には話を通しておきますので、ひと声お願いします」

これで大丈夫そうじゃな。街中から離れたここならカレーの実験も問題ないじゃろ。カレーパンですらひと騒ぎ起きたからのぅ。あとは、ここでどんな香辛料が買えるかじゃ。今の手持ちだと少し心許《こころもと》ないでな。

「じゃあ、ありがとの。気を付けて帰るんじゃぞ。なんなら送っていこうかの？」

「ご心配ありがとうございます。でも女とはいえギルドマスターです。自衛くらいはできますから大丈夫ですよ。お気持ちだけいただいておきます。ではまた明日。失礼します」

頭を下げて丁寧な挨拶をすると、ウコキナはギルドに帰っていった。確かに隙は少ないのぅ。今の言葉も強ち《あながち》嘘《うそ》ではなさそうじゃ。

「じいじ、終わり？　そろそろ日が暮れるけどどうする？」

「今から街中で買い物しても、大して食材はないじゃろうから、あり合わせで何か作ろうかの。ルーチェは何が食べたいんじゃ？」

「この前作った煮豚とかはダメ？　まだ食べてないよね？」

作って仕舞ったままじゃったな。

「なら煮豚丼と、煮鶏丼にしようか……いや、うどんにしてのせるのもアリじゃな」

「はい！　うどんがいいです！」

元気よく手をあげて答えるルーチェ。晩ごはんが一瞬で決まったな。

「ロッツァー、今から晩ごはんを作るんじゃが、クリムたちを見ててもらえんか？」

「承知《しょうち》した。美味いものを頼む」

外に声をかけると、いつもの返事が聞こえる。

ルーチェにうどんの生地を踏んでもらい、コシを出す。空《あ》いた米袋に入れたので汚《きたな》くはないからの。昔はよくこうやって作ったもんじゃ。袋の上で円を描くように少しずつくるくる回ると、良いうどんに仕上がるんじゃよ。

打ちあがったものを切って茹でたら完成。

いつものきのこダシの麺《めん》つゆに煮豚か煮鶏をのせて、はふはふ言いながら一気にすするのが美味いんじゃ。

すすれないロッツァたちもおかわりを何度もしたから、美味かったんじゃろな。

ただ、鰹節《かつおぶし》や昆布があると尚更《なおさら》美味くなるからのぅ。折角来た海辺の街……ぜひ探さねばいかんな。

「銀座編」開幕!!
累計630万部(電子含む)突破!
ゲートSEASON1〜2
大好評発売中!
漫画
最新20巻
12月16日刊行!
※地域によって流通が遅れる可能性があります。
SEASON1　陸自編
単行本
●本編1〜5／外伝1〜4／外伝+
●定価:本体1,870円(10%税込)
文庫
●本編1〜5〈各上・下〉／
外伝1〜4〈各上・下〉／外伝+〈上・下〉
●各定価:本体660円(10%税込)
漫画
漫画:竿尾悟
●1〜19(以下、続刊)
●各定価:本体770円(10%税込)
SEASON2　海自編
単行本
●本編1〜5
●定価:本体1,870円(10%税込)
文庫
●本編1〜3〈各上・下〉
●各定価:本体660円(10%税込)

大ヒット 異世界×自衛隊 ファンタジー
ゲート0《ゼロ》
GATE:ZERO
自衛隊 銀座にて、斯く戦えり
〈前編〉
柳内たくみ
Yanai Takumi
ゲート始まりの物語
「銀座事件」が小説化!
20XX年、8月某日――東京銀座に突如『門(ゲート)』が現れた。中からなだれ込んできたのは、醜悪な怪異と謎の軍勢。彼らは奇声と雄叫びを上げながら、人々を殺戮しはじめる。この事態に、政府も警察もマスコミも、誰もがなすすべもなく混乱するばかりだった。ただ、一人を除いて――これは、たまたま現場に居合わせたオタク自衛官が、たまたま人々を救い出し、たまたま英雄になっちゃうまでを描いた、7日間の壮絶な物語――
アルファポリス
首都東京に、突如開かれた「門」。
中から現れた怪異達が、人々の殺戮を開始した――
銀座崩壊!
その時、日本を救ったのは、一人のオタク自衛官だった!?
630万部!
●ISBN978-4-434-29725-0 ●定価:1,870円(10%税込) ●Illustration:Daisuke Izuka

ネットで人気爆発作品が続々文庫化!

アルファライト文庫 大好評発売中!!

ALPHAPOLIS ライト

敵のスキルをコピーして、強化して、上書きして……

自在に魔法を操ろう!

スキルはコピーして上書き最強でいいですか 1

改造初級魔法で便利に異世界ライフ

深田くれと *Fukada kureto*　illustration 藍飴

ダンジョンコアが与えてくれたのは
進化するスキル改造の能力――!

異世界に飛ばされたものの、何の能力も得られなかった青年サナト。街で清掃係として働くかたわら、雑魚モンスターを狩る日々が続いていた。しかしある日、突然仕事を首になり、生きる糧を失ってしまう――。そこで、サナトは途方に暮れつつも、一攫千金を夢見て挑んだダンジョンで、人生を変える大事件に遭遇する! 無能力の転移者による人生大逆転ファンタジー、待望の文庫化!

文庫判　定価:671円(10%税込)　ISBN:978-4-434-29971-1

ネットで人気爆発作品が続々文庫化!

アルファライト文庫 大好評発売中!!

前世は剣帝。今生クズ王子 1~3

世に悪名轟くクズ王子。しかしその正体は——
剣に生き、剣に殉じた最強剣士!?

1~3巻 好評発売中!

アルト *alto*　illustration 山椒魚

生まれ変わっても戦場に駆り出されて グータラ生活は夢のまた夢!?

かつて〝剣帝〟と讃えられた一人の剣士がいた。戦いの日々の果てに自ら死を選んだ彼は、ディストブルグ王国の第三王子、ファイ・ヘンゼ・ディストブルグとして転生する。前世での生き様を疎み、今生では〝クズ王子〟とあだ名される程のグータラ生活を送っていたファイ。しかしある日、隣国との盟約により戦争に参加する事に——。グータラ最強剣士ファンタジー、待望の文庫化!

文庫判　各定価:671円(10%税込)

ネットで人気爆発作品が続々文庫化!

アルファライト文庫 大好評発売中!!

え!? 私って「勇者」「賢者」「聖女」のついでなんですか…?

1〜6巻 好評発売中!

巻き込まれ召喚!? そして私は『神』でした?? 1〜6

まはぷる *Mahapuru*　illustration 蓮禾

天然ボケでお人好しの還暦主人公は、自分が強すぎることに気づかない!?

つい先日、会社を定年退職した斉《さい》木《き》拓《たく》未《み》。彼は、ある日なんの前触れもなく異世界に召喚されてしまった。しかも、なぜか若返った状態で。そんなタクミを召喚したのは、カレドサニア王国の王様。国が魔王軍に侵攻されようとしており、その対抗手段として呼んだのだ。ところが、召喚された日本人は彼だけではなかった——。ネットで大人気の異世界世直しファンタジー、待望の文庫化!

文庫判　各定価：671円(10%税込)

アルファライト文庫

この作品に対する皆様のご意見・ご感想をお待ちしております。

おハガキ・お手紙は以下の宛先にお送りください。

【宛先】

〒 150-6008 東京都渋谷区恵比寿 4-20-3 恵比寿ガーデンプレイスタワー 8F
（株）アルファポリス　書籍感想係

メールフォームでのご意見・ご感想は右のＱＲコードから、
あるいは以下のワードで検索をかけてください。

アルファポリス　書籍の感想　検索

ご感想はこちらから

本書は、2018 年 6 月当社より単行本として
刊行されたものを文庫化したものです。

じい様《さま》が行《い》く 2 『いのちだいじに』異世界《いせかい》ゆるり旅《たび》

蛍石（ほたる いし）

2022年 2月 28日初版発行

文庫編集－中野大樹／宮田可南子
編集長－太田鉄平
発行者－梶本雄介
発行所－株式会社アルファポリス
〒150-6008東京都渋谷区恵比寿4-20-3恵比寿ガーデンプレイスタワー8F
TEL 03-6277-1601（営業） 03-6277-1602（編集）
URL https://www.alphapolis.co.jp/
発売元－株式会社星雲社（共同出版社・流通責任出版社）
〒112-0005東京都文京区水道1-3-30
TEL 03-3868-3275
装丁・本文イラスト－NAJI柳田
装丁デザイン－ansyyqdesign
印刷－中央精版印刷株式会社

価格はカバーに表示されてあります。

落丁乱丁の場合はアルファポリスまでご連絡ください。

送料は小社負担でお取り替えします。


ISBN978-4-434-29970-4 C0193